N&K

Frédéric Zwicker

Hier können Sie im Kreis gehen

Roman

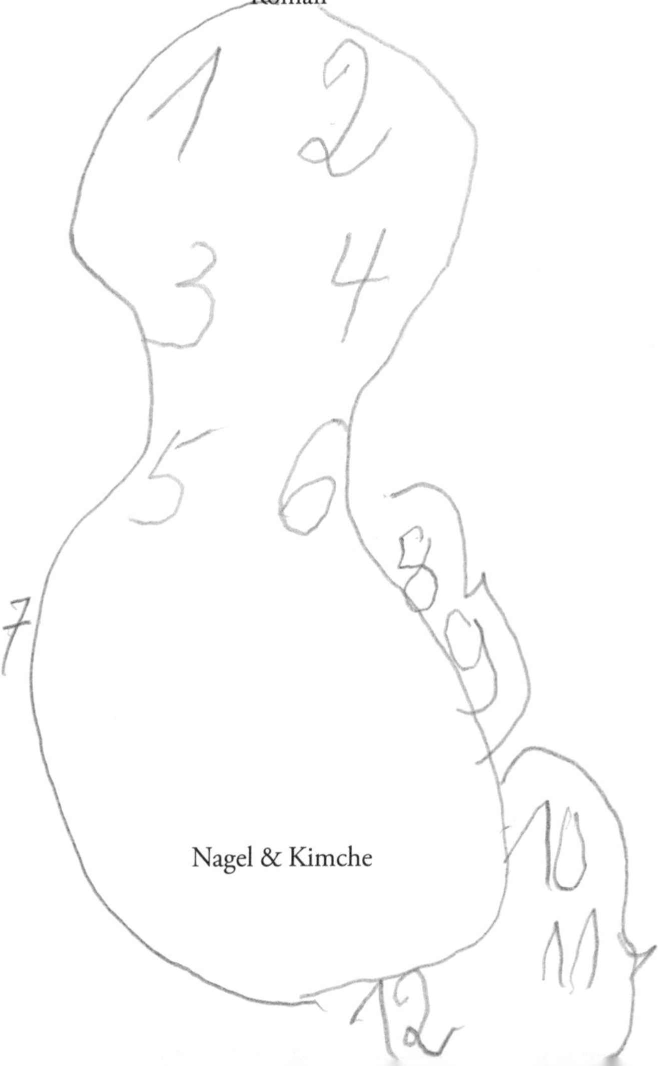

Nagel & Kimche

Meinen Eltern und meinem Bruder

Der Verlag dankt dem
Verein KulturZürichseeLinth
für die freundliche Unterstützung

3 4 5 20 19 18 17

Herstellung: Rainald Schwarz
Satz: Gaby Michel
Druck und Bindung: GGP Media GmbH
ISBN 978-3-312-00999-2
Printed in Germany

FSC www.fsc.org
MIX
Papier aus verantwortungsvollen Quellen
FSC® C014496

I

Komm nur herein, mein Kätzchen, komm herein. Die Tür war wohl offen? Ich habe das Hörgerät nicht eingesetzt. Aber du gehst ohnehin auf leisen Pfoten. Das mag ich an dir. Hunde sind mir zu menschlich mit ihrem Gepolter, Gehechel und Gebell.

Erlaube, dass ich die Tür schließe. Wenn du rauswillst, melde dich. Ich lege mich hin. Heute bin ich müde, weiß der Kuckuck, warum. Ja, komm nur her. Leg dich zu mir. Wie schön du schnurrst, wenn ich dir den Nacken kraule. Lass dich von mir nicht stören. Ich denke und rede vor mich hin. Mein Schlaf kommt nicht so rasch wie deiner, und Denken ist eine gute Beschäftigung. Wo war ich? Selbst wenn der Kopf noch taugt, früher taugte er einfach mehr.

Was man von mir sagen würde. Das hatte ich mir gerade überlegt. Für viele die entscheidende Frage. «Verrückt», würde das Urteil lauten, wenn ich sie unter den Schleier blicken ließe. Einundneunzig Jahre alt, herzlos und verrückt. Aber so weit kommt es nicht. Der Vorhang bleibt unten. Bleibt sitzen, ihr Richter und Henker. Ihr sitzt so bequem. Ich habe das Gericht inzwischen durch die Hintertür verlassen. Aber an Nachschub für die Anklagebank mangelt es euch ja nie.

Ich habe lange zugeschaut. Als ich jung war, sah ich die Leute alt werden und verblassen. Sie entfernten sich scheinbar von mir, es war die Vergänglichkeit, die ich den Menschen ansah. Ich hatte alles vor mir. Mein Leben hatte noch gar nicht angefangen. Später sah ich die Menschen dann zu mir heranwachsen. Ich hatte sie überholt, und sie waren mir auf den Fersen. Und bald fühlte ich mich in die Enge getrieben. Den Weg nach vorn versperrte mir der Tod, der immer unverhohlener auf mich schielte, während er erst sporadisch, bald regelmäßig an die Türen meiner Bekannten klopfte. Er war mir ein altbekannter und doch nicht minder unsympathischer Begleiter.

Die meisten sehen es falsch. Sie glauben, die Alten würden abgehängt. Sie glauben, die Alten verlören den Anschluss, weil der Zahn der Zeit ihre Geister und Körper daran hindert, mit dem rasenden Fortschritt mitzuhalten. Das stimmt aber nicht. Der Fortschritt gestaltet nur die Kulisse. Und in diesem ewigen Trauerspiel liegen die Alten immer vorn.

Letzter Akt: die letzte Sünde. Anstatt ihre verbleibende Zeit in die Hand zu nehmen, anstatt nach vorne zu schauen, wie sie es früher immer wollten, drehen sie sich um. Sie schauen ihren Kindern und Kindeskindern beim Wettlauf zu und kommentieren jeden Atemzug. Viele sind so bösartig, ihre Verfolger anzufeuern, obwohl sie deutlich sehen, dass hinter der Ziellinie nur Ödland liegt.

Entschuldige, Kätzchen, du hast es dir bequem gemacht. Aber ich muss mich bewegen. Mein Rücken zwickt. Und die Schulter. Bleib du auf dem Bett, ich setz mich in den Sessel. Ein Hochzeitsgeschenk von meinen Schwiegereltern. Seit fünfundfünfzig Jahren habe ich ihn schon. Man sieht es ihm an. «Runter von Vaters Sessel!», schimpfte Ursula immer, wenn die Kinder darauf herumtollten. So ist es besser. Der Sessel ist meinen Körper gewohnt. Das Bett hätte da noch viel zu lernen. Aber es wäre wohl vergebene Müh.

Die Erinnerung bleibt. Die Erinnerung und, in meinem Fall, ein Sessel. Manchmal würde ich auch gern die Erinnerung verlieren. Obwohl, das ist dummes Geschwätz.

Genug geruht? Du bist jung. Was wären meine einundneunzig Jahre wohl in Katzenjahren? Ich mache dir die Tür auf. Auf Wiedersehen, Kätzchen. Danke fürs Gespräch. Ein besseres hatte ich lange nicht.

2

Sophie, diese Geschichte ist für dich. Ich erzähle sie dir, weil du sie nicht hören kannst. Du bist nur eine Fotografie über meinem Bett. Und dennoch stockt mir die Stimme.

Ich habe die Kamera aus dem Büro geholt und dich damit überrascht, wie ich dich jetzt mit meiner Geschichte überrasche. Du hast meine alte Fuji-Kamera geliebt. Ich habe sie dir vermacht. Du sitzt am Esstisch in meiner alten Wohnung. Dein Oberkörper ist gerade, du blickst mich an und lächelst. Vielleicht hast du im Flur meine Schritte gehört und dich gefreut, dass ich zurückkomme. Deine schulterlangen hellbraunen Haare sind locker zusammengebunden. Zwei Strähnen haben sich gelöst. Das warme Braun deiner Augen lässt sich auf dem Schwarzweißfoto nur erahnen. Einer deiner kleinen Silberohrringe ist zu sehen. Mir hat es immer gefallen, dass du so natürlich aussiehst, so ungekünstelt.

Du hast mich an dem Abend auch fotografiert. Erinnerst du dich? Es war der 2. September, Mitternacht und damit mein Geburtstag vorüber. Das war vor über einem Jahr. Mir kommt es vor wie ein Leben aus dem Geschichtsbuch. Die Biographie eines Toten. Franziska und Hans waren da gewesen. Hans hatte sich wie immer unwohl gefühlt und sich beim ersten günstigen Moment ins Wohnzimmer verdrückt und gelesen. Dort hatte er ausgeharrt, bis er mit Franziska nach Hause fahren durfte. Wir fühlten beide ähnlich bei solchen Zusammenkünften, dein Vater und ich, und doch kamen wir uns nie näher. Adrian wohnte neuerdings mit Freunden, und auch er sehnte den Abschied herbei, weil wahrscheinlich Aufregenderes als ein neunzigster Geburtstag des Großvaters wartete. Sebastian, das Küken, war im Austauschjahr in Amerika. Natürlich erinnere ich mich an die Namen.

Du bist noch geblieben, als die anderen gingen. Wie so oft. Und da wurde mein Geburtstag auch für mich ein Fest. Wir saßen am Tisch und tranken Kaffee und Slibowitz, den du mitgebracht hattest. Deine Nachbarin hatte dir die Flasche geschenkt. Sie war erst vor kurzem mit der Familie in die Schweiz gekommen. «‹Schliwowitza› nennen sie ihn dort», hast du mir erklärt. Ein Heilmittel gegen jegliche Schmerzen.

An meiner Kamera hat dir so gefallen, dass du dich auf die Fotos freuen konntest, weil sie erst entwickelt werden mussten. «Die Menschen haben keine Geduld mehr», hast du gesagt. Aber so geduldig warst du dann auch nicht, als du noch siebenmal auf mich gezielt und abgedrückt hast, um den Film zu füllen. Eine Porträtstudie hast du es genannt und mir erklärt, welche Effekte du mit der Blende und der Belichtungszeit erzielen wolltest. Obwohl wir beide mit ernsten Mienen unsere Rollen spielen wollten – du die professionelle Fotografin, ich das launische Model –, konnten wir unser Grinsen nicht immer unterdrücken. «Ich liebe dieses Geräusch», hast du vom Klicken gesagt. «Nicht so grimmig, Großvater. Lächeln!», und gleich darauf wolltest du mein grimmigstes Gesicht sehen. Nach dem letzten Bild hast du zurückgespult, versonnen und mit vorsichtigen Handgriffen. Und dann hast du den Film aus der Kamera geklaubt, mit mir geschimpft, weil die Plastikdose, in der man ihn aufbewahren sollte, verschwunden war, und ihn in deine Tasche gesteckt. Du hast mich angesehen, mit deinen guten Augen, die so tröstlich schauen können, mit der Hand dreimal auf deine Tasche geklopft und gesagt: «Vorfreude.» Ich habe gelacht und war stolz, weil du so klug und gut und schön bist. Und dann wurde ich traurig, weil ich an Paul denken musste. Und deshalb schenkte ich mir noch einen Schliwowitza ein.

Ich muss immer an Paul denken, wenn ich dich sehe. Du

hast so viel von Paul. Was mich erstaunt, weil du Franziskas Tochter bist. Aber du hast eben auch, was Paul gefehlt hat. Und deswegen mache ich mir um dich keine Sorgen.

3

Am liebsten ist mir der Gedanke, dass ich es aus Liebe tue. Das ist nicht einmal die halbe Wahrheit. Aber das Leben hat mich gelehrt, dass die Liebe fast immer bloß die halbe Wahrheit ist. In meinem Fall ist auch eine gehörige Prise Eigennutz dabei, das gebe ich zu.

In unserer Gesellschaft werden ich und meinesgleichen als Gnadenbrotempfänger angesehen. Ich will das nicht verurteilen. Ich stelle nur fest, wie ich es empfinde. Für die Jungen ist es selbstverständlich, dass sie unsere Zügel in den Händen halten. Ich habe mir erlaubt, meine Zügel ein letztes Mal zu greifen. Und um sicherzugehen, dass mir niemand meinen Gaul lahm- oder meinen Hintern weichreden konnte, habe ich gesattelt, ohne jemandem davon zu erzählen, und bin in eine Richtung geritten, in die mir niemand folgen kann.

4

«Guten Morgen, Herr Kehr, haben Sie gut geschlafen?»

Er schaut sie an, sein Blick zuckt in alle Richtungen durchs Zimmer, ruht kurz auf dem verlassenen Bett, das hinter dem Vorhang hervorlugt. Dann richtet er ihn wieder auf sie.

«Ja, ich habe gut geschlafen», sagt er zögerlich. «Wer sind Sie? … Ich habe Sie schon einmal gesehen … ja … aber ich habe Ihren Namen … im Schrank, ja.»

«Ich bin Frau Feller, Herr Kehr. Ich bin hier, um Ihnen aus dem Bett zu helfen.»

«Aus dem Bett? … das Bett … das Bett, das Bett. Haben Sie meine Brille gesehen? Das ist nicht mein Bett. Das werde ich melden.»

«Schauen Sie, hier auf dem Nachttisch ist Ihre Brille. Hier. Ich gebe sie Ihnen.»

Herr Kehr setzt seine Brille auf, schaut sich wieder im Zimmer um und fährt mit kreisenden Bewegungen der rechten Hand durch seine weißen, noch dichten struppigen Haare.

«Kommen Sie», sagt Frau Feller, «ich helfe Ihnen auf.»

5

Wie wenig es doch braucht, um aus einem kahlen Zimmer sein eigenes Zimmer zu machen. Oder aus einem kahlen halben Zimmer mein etwas weniger kahles halbes Zimmer. Ein paar Fotos, einen Sessel, einen geknüpften kleinen Teppich auf dem Tisch und eine Brille auf dem Nachtschränkchen. Ein Foto meiner Familie an einer kahlen Wand macht sie zu meiner Wand. So schnell ein Zimmer aber zu einem persönlichen Zimmer wird, so schnell wird es auch wieder irgendein leeres Zimmer sein. Das Foto hängt, um mir zu sagen: Du sollst dich hier zu Hause fühlen. Ich antworte: Ich bin nirgends zu Hause. Ich bin nicht mehr von dieser Welt.

Es gibt Gebäude, die nach Geschichte riechen. Davon verstehe ich etwas. Ich habe gebaut und mich immer für Gebäude interessiert. Manchmal verschlägt einem die Geschichte fast den Atem, weil sie wie Weihrauch in die Nase steigt. Die Geschichte dieses Zimmers ist nur für feine und unerschrockene Nasen wahrnehmbar. Nasen, die den Geruch des Todes erkennen. Weiße Wände, marmorgrauer Linoleumboden, doppelverglaste Fenster mit weißen Rahmen. Das ist alles ziemlich geschichtsgeruchsneutral.

Hier sitze ich also und denke zurück. Es kommt mir vor wie ein Film. Wer mich kennt, hält das hier für den Epilog. Doch was sie für den Epilog halten, der mit dem Tod enden müsste, ist in Tat und Wahrheit ein neuer Film. Quasi eine optische Täuschung.

Ich finde es erstaunlich, wie viele Menschen ihr Ende dem Zufall überlassen. Dabei ist ein gutes Ende nicht zu unterschätzen. Und wenn es dafür zu spät ist, scheint es mir immer noch besser, den besten Zeitpunkt für ein schlechtes Ende selber zu wählen. Deshalb bin ich hier. Ich bin in guter Gesellschaft. Die Geschichten, die hier enden, enden alle schlecht.

6

Demenzstation, früher Nachmittag. Die meisten Pflegerinnen sind im Büro bei einer Besprechung. Vom offenen Esszimmer her, das auch zum Aufenthalt dient, ist die Stimme einer Pflegerin zu hören. Die Dementen, die auf Sesseln und Sofas sitzen oder herumgehen, sind unbeaufsichtigt. Die Tür des Aufzugs öffnet sich. Herr Kehr streckt langsam den Kopf heraus, schaut nach links und nach rechts. Ein alter, großgewachsener Mann, der eben am Lift vorbeischlurft, bleibt stehen. Eine dürre, kleine, runzlige Frau erhebt sich vom Sofa. Herr Kehr bittet den alten Mann mit einer einladenden Geste in den Lift. Die alte Frau folgt ihm. Jetzt winkt Herr Kehr einem Paar, das in der Nähe Hand in Hand auf einem Sofa sitzt. Die Frau steht, ohne zu zögern, auf. Der Mann bleibt sitzen und wirft der Frau einen verständnislosen Blick zu. «Komm, wir gehen», sagt sie. «In Ordnung, gehen wir», sagt er. Sie gibt ihm die Hand, und er erhebt sich mühsam. Dann erreichen sie mit erstaunlich schnellen Schritten den Lift. Die Tür schließt sich. Herr Kehr drückt die Null. Der Lift fährt ins Erdgeschoss. Der Gang ist menschenleer. Das Paar steigt zuerst aus und bleibt vor dem Lift stehen. Die dürre Frau wendet sich nach rechts und trippelt in Richtung Toiletten und Küche. Der große alte Mann schlurft nach links in die Cafeteria. Die Frau nimmt ihren Mann an der Hand und geht mit ihm geradeaus, durch die automatische Tür aus dem Gebäude hinaus. Herr Kehr geht die Treppe hinauf in den ersten Stock. Er blickt durch die Glastür. Als er sicher ist, dass ihn niemand sehen kann, betritt er seine Etage und verschwindet in seinem Zimmer.

7

Den Leuten ist alles suspekt, was ihnen nicht auf Anhieb bekannt vorkommt. Sagt Kunz das, was Hinz schon gestern gesagt hat, wird Hinz zufrieden gackern. Sagt Kunz etwas anderes, aber er sagt es im Tonfall, in dem auch Hinz redet, werden sie sich immerhin zuprosten. Hinz wird aber die Ohren anlegen und bedrohlich knurren, sollte Kunz ein paar Wörter gebrauchen, die er nicht kennt. Es heißt nicht umsonst: Was der Hinz nicht kennt, das hasst er.

Kätzchen, du bist zurück? Ich freue mich. Doch das heißt auch, dass Zimp die Tür offen gelassen hat, obwohl ich ihn gebeten habe, sie zu schließen. Er ist mir unerträglich. «Frische Luft», hat er beim letzten Mal gesagt. «Frische Luft», hörst du, Kätzchen? Was durch diese Tür kommt, ist fast immer faul. Dich nehme ich natürlich aus! Frische Luft kommt nur durchs Fenster herein, gemischt mit dem ewigen Gebimmel der Ziegenglöckchen. Und schon bist du wieder weg. Ein Kurzbesuch. Bin ich dir zu launisch?

Mich würden sie verrückt nennen. Und wer mich verrückt nennen würde, dem bliebe die Absurdität wahrscheinlich verborgen. Denn wenn einer einen für verrückt erklärt, weil dieser einen Verrückten spielt, dann liegt darin doch eine gewisse Absurdität, und erkennen würde er sie deshalb nicht, weil er sehr wahrscheinlich ein Idiot ist, so wie fast alle Idioten sind.

8

Dir fiel es wohl von allen am leichtesten, mich zu lieben, weil ich dich vergöttere, immer vergöttert habe, schon als ich dich nach deiner Geburt im Arm halten durfte. Weißt du noch, als wir einmal schätzten, wie oft ich dir die Geschichte unserer ersten Begegnung schon erzählen musste? Ich glaube, es war an Heiligabend vor drei oder vier Jahren. Nach langem Rechnen kamen wir auf hundertvierzig Mal. Am häufigsten, als du Kind warst. Aber auch, als du mit fünfundzwanzig deinen Freund verlassen hast. Wie hieß er gleich? Ich habe ihn gemocht. Du hast dich getrennt, weil er dich betrogen hat. Schade war es trotzdem. Ihr wart ein fröhliches Paar.

Ich will dir deine Geschichte noch einmal erzählen, Sophie. Sie verbindet uns. Sie hat uns von Anfang an verbunden. Bei deiner Geburt hast du zuerst nicht geschrien. Man machte sich schon Sorgen. Aber dann hast du deine Lungen gefüllt und in einer Verzweiflung losgebrüllt und nicht mehr aufgehört, bis allen angst und bange wurde. Der Arzt untersuchte dich, die Hebamme versuchte dich zu beruhigen. Aber du warst nicht zu beruhigen, du hast geschrien und geschrien.

Als deine Großmutter und ich ins Zimmer durften, hielt

dich Franziska im Arm und redete mit dir. Ich schaute dich an und musste lachen. Die Hebamme warf mir einen entrüsteten Blick zu. Ich lachte weiter. Ich sah dich, ein winziges Wesen, ein kleines Häuflein Protest. Du schriest, so laut du konntest, und ich konnte dich verstehen. Und vielleicht hörtest du meinem Lachen an, dass du verstanden wurdest. Plötzlich hast du in deinem Geschrei eine kurze Pause gemacht. Franziska glaubte, meine Stimme könnte dich vielleicht beruhigen. Deshalb bat sie mich, dich in den Arm zu nehmen. Ich setzte mich zu ihr aufs Bett und nahm dich, mein erstes Enkelkind. Und als ich dann mit dir geredet habe, wie Großväter mit ihren neugeborenen Enkelkindern reden, so gar nicht ihrem verwelkenden Äußeren entsprechend, da wurdest du ruhiger und ruhiger und bist schließlich eingeschlafen. So war das, Sophie. Wir haben von Anfang an zusammengehört. Wir haben uns von Anfang an zugehört. Wir haben einander von Anfang an verstanden und uns aufeinander verlassen.

9

Auf vieles kann man sich vorbereiten, auf manche Dinge nicht. Nicht auf die Empfindlichkeit bei Licht und Durchzug, nicht auf das laute Atmen, das feuchte Husten, den Auswurf, der geräuschvoll ins Becken gespuckt wird, nicht auf den üblen Geruch, bei dem man erschrocken den Atem anhält, den man sich nur flach einzuatmen traut, diesen unnatürlich schweren und fauligen Geruch nach Salben und Medikamenten, mit dem Zimp das Zimmer verpestet.

Ich war fahrlässig. Ich habe betont, dass ich ein Einzelzimmer möchte, als ich meinen Plan schmiedete und anfing, vom Pflegeheim zu reden. Das war ein entscheidender Bestandteil meiner Rechnung. Franziska hat die Heimleitung auch entsprechend informiert, als ich beschloss, es mit mir bergab gehen zu lassen. Aber dann zeigte sich, dass ich ein Detail übersehen hatte. Das Pflegeheim im Nachbardorf wurde saniert, das hatte ich nicht gewusst. Und dann war kein Einzelzimmer frei, als sich mein Zustand so stark verschlechterte, dass ich nicht mehr allein zu Hause leben konnte. Ich wurde «vorübergehend» in ein Zweierzimmer einquartiert. Franziska hat das akzeptiert. Sie hat nie gelernt, sich zu wehren. Und sie dachte wohl, so lange könne es nicht dauern, bis ein Einzelzimmer frei wird. Aber manchmal dauert es eben doch länger als erwartet, bis auf einer Etage einer stirbt. Ich stehe auf der Warteliste. Die Pflegeheimwartelisten ähneln den Organempfängerwartelisten. Manch einer stirbt, bevor er an die Reihe kommt. Muss man sich damit abfinden? Wir werden sehen.

10

«Maria, hast du Herrn Kehr gesehen?»

«Nein. Ist er wieder verschwunden?»

«Sieht so aus. Vor einigen Minuten saß er noch am Tisch und hat gegessen.»

«Vielleicht ist er wieder nach draußen», meinte Maria.

«Das kann nicht sein, er trägt doch jetzt den Sender.»

Maria zuckte mit den Schultern und wandte sich wieder ihrer Arbeit zu. Frau Matic schaute sich um. An einem der Tische saß Frau Cagliari, die sie neugierig anschaute.

«Haben Sie gut gegessen, Frau Cagliari?»

Frau Cagliari gab keine Antwort, schaute aber unverändert interessiert.

Etwas in Frau Matics Augenwinkel erregte ihre Aufmerksamkeit. Tatsächlich, der Vorhang bewegte sich. Als sie sich näherte, sah sie ein Paar Schuhe. Sie zog den Vorhang zurück. Dahinter stand Herr Kehr und blickte aus dem Fenster.

«Herr Kehr, was machen Sie hier, wir haben Sie überall gesucht.»

«Und was wünschen Sie von mir? … Was wünschen Sie?»

«Sie können nicht immer davonlaufen. Wir müssen doch wissen, wo Sie sind.»

«Ja. Ich bin da … Aber ich muss jetzt gehen. Ich muss weg. Sie warten. Sie warten auf mich … Und dann weiß ich nicht, ob das was bringt.»

«Kommen Sie, ich bringe Sie ins Gedächtnistraining.»

«Ich bleibe lieber hier. Ich habe noch einiges zu tun. Haha … Immer viel zu tun.»

II

Früher oder später wäre es ja sowieso passiert. Gerade mir. Mein Körper ist in Form, er wird es vermutlich noch sein, wenn im Oberstübchen der Mieter wechselt. Ich kann nicht sagen, dass ich mich nicht fürchte. Ich erwarte es, ja, blicke dem Unheil geradeaus ins Schreckgesicht und denke trotzdem, dass ich mein Leben lang gern gedacht und phantasiert habe. Damit ist es dann aus. Nun ja, mit dem Phantasieren nicht. Doch es wird ein anderes Phantasieren sein.

Ich weiß nicht, wie das bei anderen ist. Mir war es wichtig, mich bei klarem Verstand zu verabschieden. Ich wollte mir die Welt nicht mehr antun. Und den Menschen, die mir noch geblieben waren, die mir etwas bedeuteten und denen ich etwas galt, wollte ich mich nicht mehr antun. Ich wollte sie von mir befreien, von meiner Negativität.

Einen reinen Tisch gibt es nicht, weil manche Flecken zu hartnäckig sind für die Lappen, die zur Verfügung stehen. Ich habe mich bemüht, beim Essen nicht zu viel Dreck zu machen. Dass es mal spritzt, kann aber doch keiner verhindern.

Immer wenn dem Schulwesen ein neuer Wind eingeblasen wird, dann erklingen Fanfaren und Warnpfiffe, und mir wird schlecht. Autorität und Antiautorität geben sich die Klinke in die Hand und merken nicht, dass unter beider Fittiche die einen Pflänzchen erblühen und lieblich duften, die anderen eingehen oder zu Krüppeln verwachsen.

Ich habe Fehler gemacht. Bei meinem Sohn Paul hatten sie schlimme Folgen. Er, der zeitlebens nur Auto gefahren ist, hat am frühen Abend des 18. Dezember 1985 zum Abschied den Zug genommen.

Die Pflänzchen sind ganz unterschiedlich. Wenn das eine gedeiht, kann das Klima für das andere gleichwohl ungünstig sein. Und einige von ihnen lassen auch bei optimalen Bedingungen das Köpfchen hängen.

12

Die Cafeteria ist leer. Nur an einem Tisch sitzt ein Mann im Rollstuhl. Er hat kein Getränk vor sich und schaut aus dem Fenster. Hinter der Theke räumt eine Frau den Geschirrspüler aus. Das Klirren von Geschirr und Besteck mischt sich mit Werbung und Musik aus dem Radio. Jetzt löst der Mann die Bremsen an seinen Rollstuhlrädern und rollt langsam auf den Tresen zu. «Wie immer?», fragt die Frau. «Ja», antwortet er. Sie versorgt ein paar Teller im Schrank und reißt fünf Lose von der Rolle bei der Kasse. Der Mann klaubt mit seinen großen, widerspenstigen Fingern Münzen aus dem Portemonnaie, das auf seinem Schoß liegt, bezahlt, nimmt seine Lose und rollt zum Tisch zurück. «Viel Glück», sagt die Frau. «Danke», sagt er. Er blockiert die Räder und legt die Lose auf den Tisch. Jetzt sucht er einen Zweifränkler heraus. Mit der zitternden linken Hand hält er das Los fest, mit der zitternden rechten Hand, die Münze krampfhaft zwischen Daumen und Zeigefinger geklemmt, rubbelt er die Zahlen frei. Er rubbelt so lange, bis das ganze Feld bis in die Ränder freigelegt ist. Zuerst streicht er mit der Hand über das Los. Dann hebt er es mit beiden Händen vor den Mund, bläst letzte Krümel weg und hält es sich vor die Augen. Er schaut die Zahlen an. Dann legt er das Los zur Seite und nimmt sich das zweite.

13

Frühstück. Morgen für Morgen. Alles fein säuberlich vorbereitet und geplant. Bei Frau Fasser zwei Scheiben Schwarzbrot, die Rinde abgeschnitten. Aprikosenkonfitüre im Glasschälchen. Weichkäse würde sie zwar fürs Leben gern wieder einmal essen, sie betont es drei- bis viermal in der Woche. Aber es geht nicht. Sie hat eine Laktoseintoleranz. Das weiß sie auch. Frau Fassers Kopf ist noch beisammen. Daniels auch? Der Zivildienstler ist sich nicht sicher, ob er ihr Kaffeerahm oder Sojamilch in den Kaffee getan hat. Sie weiß es auch nicht. Sie sagt: «Es wird mich sicher nicht umbringen.» Aber dieses Risiko geht Daniel nicht ein. Der Kaffee wird vorsichtshalber ersetzt.

Frau Fasser will mit dem Käse übrigens nicht jammern. Sie will bloß ein bisschen in ihrer geliebten Weichkäsegenusserinnerung schwelgen. Sie ist überhaupt eine, die gern schwelgt und die dabei fröhlich wird. Da gibt es auch die anderen, die traurig werden, wenn ihnen eine Erinnerung kommt. Aber bei

Frau Fasser kann von der Hummel über einen alten BMW auf dem Parkplatz bis hin zum Orange eines Pullovers alles ein «Oooh!» oder «Aaaah!» und die dazugehörige Erinnerung an ein Enkelkind oder an einen Hund entlocken, den sie einmal gehabt hat und der ein besonders lieber war.

Bei mir verhält es sich mit den Erinnerungen ein wenig anders als bei den anderen. Bei mir ist die Sache etwas komplizierter, um nicht zu sagen: paradox.

Das Frühstück ist die Zeit zwischen dem Nichts und dem Nichts. Auf dieses zweite Nichts folgt das Mittagessen, gefolgt von nichts bis zum Abendessen. Und danach das mächtigste Nichts, das bis zum Frühstück dauert.

O ja, die Nichts werden vom Gitarristen, der mit uns singt, oder dem fetten, schlechtrasierten Keyboard-Alleinunterhalter unterbrochen, der wahrscheinlich weder realisiert, dass sein Hemd seinen Bauch nur bis zum Bauchnabel bedeckt, noch, dass seine anzüglichen Zwischenwitze am größten Teil des Publikums vorbeizielen. Der Widmer ist meist der Einzige, der lacht. Dafür wiehert er wie ein geiler Gaul.

Mal macht man einen Ausflug und dreht seine Schlurf-, Hink- und Rollstuhlrunden am See statt im Garten. Man isst vielleicht sogar frittierten Fisch im Restaurant, wo sich manche Gäste an den Nachbartischen dann furchtbar anstrengen, nicht hinzuschauen, wenn der brabbelnden Frau Cagliari das Fisch-Kartoffel-Speichel-Püree zum Kinn hinunterrinnt und sich von dort in einem langen Faden den Weg auf die Bluse sucht. Das kann auch Daniel nicht verhindern, obwohl er sich bemüht, ihr nur kleine Bissen zu geben, und ihr immer wieder den Mund abwischt. Entweder verbirgt er seinen Ekel so gekonnt, wie ich verberge, was ich verberge, oder er ist wirklich ein Prachtjunge.

Wer bei Trost ist, und damit meine ich nicht, wer nicht dement oder irrsinnig ist, sondern wer unter den für geistig gesund Befundenen klar denken kann, und das sind wenige, der erkennt in all diesen Unterhaltungsbemühungen umso deutlicher das Nichts, das ihn umgibt. Es ist alles nichts, wenn die Zeit stillsteht. Und das muss man wissen: Nirgendwo steht die Zeit stiller als hier. Am Ende gehören deshalb auch die Mahlzeiten zum Nichts. Aber dabei gibt es wenigstens etwas zu essen.

14

Die Tür wird aufgerissen, das Geschrei hält an und ist nun auf dem Flur noch lauter zu hören. Einige Zimmertüren werden geöffnet, und verschreckte, zittrige Altmenschenköpfe lugen heraus. Herr Zimp sitzt aufrecht im Bett und brüllt Unverständliches. Tropfen kullern über seinen Glatzkopf, fallen von Ohrläppchen, Nasenspitze und Kinn, sein Pyjama und das Bett zeigen dunkle Flecken. Vor ihm, vor Zimps Bett, steht Herr Kehr, brüllt ebenso laut und unverständlich und schwenkt in der einen Hand einen Gehstock, in der anderen eine leere, noch tropfende Urinflasche.

15

Mein Weg führt über einen schmalen Grat. Es gilt, die Balance zu halten. Die Pflegerinnen sind zerbrechliche, unberechenbare Wesen. Meine Eskapaden bereiten mir Lust und ein schlechtes Gewissen. Es würde sich die Waage halten, wäre da nicht meine Lust am schlechten Gewissen. Und nicht zuletzt habe ich gegen die Langeweile anzukämpfen. Ich habe mein

Einzelzimmer endlich erhalten. Das ist ein großes Glück, ein großer Erfolg. Ich brauche ein eigenes Zimmer, um mich ausruhen zu können, um in Ruhe Zeitung oder ein Buch zu lesen. Ich lese lieber Bücher. Aber die tägliche Zeitungslektüre, so aufwühlend sie ist, kann ich mir nicht abgewöhnen.

Es war nicht einfach. Erstens sind die Einzelzimmer begehrt und nur für Leute mit Ersparnissen erschwinglich, zweitens werden Demenzkranke normalerweise in Zweierzimmern untergebracht. Wenn sie nachts erwachen und nicht wissen, wo sie sich befinden, fürchten sie sich weniger, wenn sie nicht allein sind. Zumindest denkt oder hofft man das. Ich frage mich, ob ich mich, wenn ich schon nicht wüsste, wo ich bin, nicht noch mehr fürchten würde, wenn ich erwachte und einen Fremden in meinem Zimmer vorfände. Jedenfalls war mir der arme Zimp unerträglich.

Bei mir hat man eine Ausnahme gemacht. Jetzt gilt es, ein wenig leiser zu treten, meinen Ruf als harmloser Störenfried zu dämpfen. Absterben lassen darf ich ihn nicht. Sonst drohen Kontrolle und Bevormundung.

Das Angenehmste an Pflegeheimen ist, dass nur die wenigsten Insassen nachtragend sind. Dazu fehlt ihnen das Erinnerungsvermögen.

Heute spricht man von Pensionären. Ich verzichte auf diesen Euphemismus. Die wenigen Leute, die freiwillig in Pflegeheimen landen, werden spätestens nach ein paar Tagen zu Insassen. Und sollte es die eine oder der andere einmal schaffen, ein wenig länger Pensionär zu bleiben, wird die unweigerliche Degradierung zum Insassen nur umso demütigender sein. Und wenn die Insassen so dement sind, dass sie ihren Status nicht wahrnehmen, gibt es erst recht keinen Grund, sie Pensionäre zu nennen.

Es gibt ein Paar hier, die Fischers. Wunderbare Menschen.

Sie bewohnen ein Doppelzimmer auf der Demenzstation. Wenn jemand mit ihnen spricht, sagt sie: «Es geht uns gut hier, nicht wahr?» Und er nickt munter und sagt: «Jaja, es geht uns gut.» Fünfzigmal pro Tag sagen sie ihr Sprüchlein auf. Und doch finden sie die Toilette in ihrem Zimmer nur, weil es eben bloß eine einzige weitere Tür im Zimmer gibt und die Toilette dahinter liegen muss. Und wenn sie die andere Tür öffnen, die zum Flur, dann treten sie ein in das Labyrinth, in dem sie Tag für Tag herumirren und doch nie heimisch werden. «Es geht uns gut hier, nicht wahr?» Man hört es hier und dort, auf der ganzen Etage. Wenn sie aus Zufall und Versehen in den Lift geraten, hört man es auch auf den anderen Etagen. «Jaja, es geht uns gut.» Und am Abend werden sie in ihrem Zimmer versorgt.

16

«Schauen Sie, Herr Kehr, hier können Sie sich setzen.»

«Wieso?»

«Es gibt Frühstück.»

«Ach was, Frühstück. Das glauben Sie ja selber nicht. Ich habe schon gegessen … Ich habe gegessen … Im Pfauen. Nein, ich habe keinen Hunger.»

«Der Appetit kommt mit dem Essen, Herr Kehr.»

«Wer sind Sie?»

«Ich bin Frau Feller.»

«Was für ein Teller?»

«Ich heiße Frau Feller.»

«Gut … Mein Name ist … ja, mein Name ist Kehr.»

«Wir kennen uns doch, Herr Kehr. Setzen Sie sich doch.»

«Wieso?»

17

Meine größte Angst war, dass ich dich zu sehr vereinnahmen, dass dein Pflichtgefühl sich als hässlicher Schleier um unsere Beziehung legen könnte. Ich habe dir nie gesagt, dass du mein Ein und Alles warst, meine Menschheit, meine Menschlichkeit. Solange ich Ferdinand, Ursula und dich noch hatte, war alles recht leicht.

Ursula war mein täglich Brot, das nie austrocknete. Kein warmes, duftendes Brötchen, das die Sinne verwirrt, kein französisches Croissant, nach dem man sich verzehrt. Ursula war keine Annemarie. Aber sie war nahrhaft und verlässlich. Ursula war gesund und lebenserhaltend. Besonders nach Pauls, aber auch nach Ferdinands Tod.

Ferdinand war mein letzter Freund. Wir waren ein ungleiches Paar. Die letzten Überlebenden aus einem ehemals stattlichen Freundeskreis. Ich lang und dürr, mit störrischem weißen Haar, er klein und rundlich mit seinen weichen, tiefschwarzen Locken, die die Kellnerinnen zu neckischen Sprüchen und zum Streicheln verleiteten. Wenn wir zusammen Wein tranken, goss dieselbe Flasche in sein Glas fröhliche Geselligkeit und in meines tröstliche Ablenkung.

Ihm fiel es leicht, in der Kneipe zu scherzen oder beim Vereinsanlass den jovialen Veteran zu geben. Mir nie. Es gelang mir weniger und weniger, gute Miene zum immer gleichen Geschwätz zu machen, das die verrauchte Luft verpestete.

Früher hatte ich gern in der Kneipe Karten gespielt. Aber jetzt war ich angewidert von dieser Kneipengeselligkeit. Das Grölen, das Gläserklirren, die Ausdünstung. Wenn wir uns dort trafen, und Ferdinand war vor mir da, dann saß er oft schon bei Leuten am Tisch, und mir blieb nichts übrig, als mich dazuzusetzen und gesellig zu sein. Ferdinand glaubte wohl, Gesellschaft tue mir gut. Wenn ich aber zuerst da war, dann hatten wir sicher einen Zweiertisch, möglichst abseits vom Trubel, in der dunkelsten verfügbaren Ecke.

Einmal saß ich da, im Schatten. Ich wartete eine halbe Stunde. Da wusste ich, dass etwas passiert war. Ich rief ihn an, und als er nicht antwortete, nahm ich ein Taxi. Auf dem Weg hielt ich im nieselregenblassen Scheinwerferlicht Ausschau nach ihm, ob er vielleicht gestürzt war. Ferdinands Nachbarin hörte mein Klingeln, trat auf den Balkon hinaus, blinzelte durch Wind und Regen und erkannte mich endlich. «Der arme Ferdinand», sagte sie. Gestürzt sei er, bereits am Nachmittag. Sie habe ihn gefunden und die Ambulanz gerufen, als sie mit den Einkäufen nach Hause gekommen sei. Gebrochene Hüfte, hätten die Sanitäter vermutet. «Kräftige Burschen», sagte sie. Der Wenger Reto sei auch bei der Ambulanz, ob ich das gewusst hätte? Sie habe schön gestaunt, als sie ihn in der Uniform sah. Ein hübscher junger Mann sei der geworden. Und: ein Wunder. Bei diesem Vater.

Ich ließ mich ins Spital fahren. Ferdinand wurde gerade operiert. Er starb während der Operation an Herzversagen. Ich sah ihn in der Friedhofskapelle wieder. Vielleicht waren es meine Augen, aber ich war mir sicher, dass er dieses Lächeln auf dem Gesicht hatte, dieses unerschütterliche, freundliche, respektvolle Lächeln, das er mir immer zeigte, wenn wir auf dem Gipfel einer Diskussion anlangten, wenn sein Optimismus und mein Pessimismus oben standen, auf die Welt hinunterblickten und unterschiedliche Schlüsse zogen. Wir waren uns nie einig, wenn wir unseren Gipfelwein tranken. Aber wir bildeten doch Mal für Mal unsere Seilschaft. Und plötzlich war da nur noch mein Pessimismus. Er nutzte seine neue Macht gnadenlos aus.

Dann bliebst noch du, Sophie. Mein letztes Bindeglied.

Mein Strohhalm. Und wie du dich ins Zeug gelegt hast, ein unzerreißbares Stahlseil zu sein. Aber das konnte ich nicht zulassen, am Schluss konnte ich das nicht mehr zulassen. Denn du hattest nicht nur mich zu tragen, sondern noch deinen Mann Robert, den du geheiratet hast, obwohl du nie hattest heiraten wollen, den du liebst und der dich liebt. Und aus dieser Verbindung ist die schwerste Last entsprungen, die du wirst tragen müssen. Das Kind, das du nie hattest kriegen wollen, das ich bei deinen Besuchen bereits wachsen sehe, was mich fast um den Verstand bringt, Sophie, weil ich es nie kennenlernen werde, wo es doch der einzige Mensch ist, den ich noch kennenlernen möchte.

18

Ich bewege mich hier auf allen Etagen. Man kennt mich, und wenn ich auf der Demenzabteilung lande, der Abteilung für die pflegeintensivsten Fälle, längst nicht groß genug, um alle Demenzler unterbringen zu können, tippt man spätestens zur Essenszeit den Code in die Tastatur des Lifts und bringt mich auf meine Etage. Wenn niemand hinschaut, gebe ich den Code selber ein und nehme den Lift oder die Treppe. Der Code ist die Postleitzahl. Die können sich alle merken. Wenn die Dementen wüssten, wie wenig es braucht, um sie vor sich selber zu schützen, würde ihnen das bestimmt zu denken geben.

19

Herr Kehr bleibt stehen. An einem Tisch im Aufenthaltsraum sitzen Frau Fasser, Herr Zimp, Herr Tadicek und Daniel, der es sich offenbar zum Ziel gesetzt hat, eine Jassgruppe zu bilden. Es ist gerade eine Runde gespielt, als sich ein Mann neben Herrn Kehr stellt. Offenbar ein Besucher. Als die Karten verteilt sind und die neue Runde gespielt wird, beginnt der Mann die Spielzüge zu kommentieren. Die Kommentare treiben Herrn Zimp zur Weißglut. Sein Kopf wird immer röter, die Karten in seinen Händen zittern. Daniel versucht erfolglos zu beschwichtigen. Die Runde ist noch nicht fertiggespielt, als Herr Zimp seine Karten auf den Tisch wirft, schimpft und droht, gehässig nach seinem Gehstock greift und fluchend davonmarschiert. Er hämmert seinen Stock auf den Boden, als wollte er das Haus zum Einsturz bringen. Herr Kehr nickt dem Fremden anerkennend zu.

20

Der Grund für meinen Rückzug – ich habe ihn tausendmal zu benennen versucht. Am Ende habe ich die Entscheidung trotz aller Vorbereitung spontan gefällt. Ich bin mir nicht sicher, ob ich noch einmal gleich entscheiden würde, das gebe ich zu. Man könnte aber sagen, der Keim für den Rückzug wurde schon in der Kindheit gelegt.

Kinder sind ja besonders grausam, und wer in der Schule eine Abnormität aufweist, durchlebt die schwersten Jahre seines Lebens. Ich wurde nicht gehänselt. Ich hatte ein «freches Maul» und ein «freches Betragen gegenüber den Lehrern». Das trug mir regelmäßig Prügel ein. Besonders schlimm war es im

Winter, wenn der Lehrer seinen Maßstab schon in der ersten Lektion auf die klammen Finger niedersausen ließ. Mein Verhalten sicherte mir aber auch den Respekt der Mitschüler. Ich wollte dazugehören, wollte normal sein, wie die anderen. Immerhin musste ich schon früh auf Geborgenheit verzichten, die für andere normal war.

Ich hatte in der Schule viele Freunde. Ich erinnere mich aber gut, dass ich mich schon damals von den anderen zu unterscheiden glaubte. Ich war ein Tagträumer, verbrachte viel Zeit in Phantasiewelten. Ich glaubte mich auf einer geistigen Ebene aufhalten zu können, die für andere unerreichbar war. Ich analysierte lieber, als zu interagieren. Meine Phantasie war mir oft unterhaltsamer als die Gesellschaft anderer Kinder. Nicht weil ich schlauer gewesen wäre, meine schulischen Leistungen waren in manchen Fächern recht durchschnittlich. Es war meine Lust, zu beobachten, zu registrieren und zu reflektieren. Ich war schon damals ein kleiner Ethnologe. Ich legte in meinem Gehirn Akten an, Akten zu jedem Mitschüler, zu den Lehrern, dem Pfarrer. Und nichts, was ich mir gemerkt hatte, vergaß ich. Immer wieder beschlich mich das Gefühl, ich sei nicht einer von den anderen im Dorf, ich sei nur ein Besucher auf Zeit.

21

Der erste Sonntag im Monat, großes Frühstücksbuffet in der Cafeteria. Eine Ländlermusik spielt. Kontrabass, Handorgel und zwei Geigen. Auf dem langen Tisch in der Mitte des Raums Blumenarrangements inmitten von Körben voll Buttergipfeli und Brötchen. Hausgemachter Zopf. Fleisch, Käse, Eierspeisen, Joghurt, Müsli, Cornflakes. Konfitüren und Honig. Orangensaft. Es duftet nach frischem Kaffee. Weiße Tischtücher. Normalerweise bleiben die Holztische nackt. Viele Bewohner haben heute Besuch, alle Tische sind besetzt. Dur-Tonarten und Stimmengewirr.

«Und das machen die hier jeden ersten Sonntag im Monat? Das ist ja schön», sagt die Tochter zu ihrem Vater an einem der Ecktische, während sie ihm mit der Linken über die Hand streichelt. Ihr Vater sagt nichts. Er streckt seine Hand aus, um die Kaffeetasse zu greifen. «Das ist ja ein Riesenbuffet», sagt sie zu ihrem Sohn. «Sind die Gipfel gut?» – «Ja», antwortet der kauend und schaut seinem Großvater dabei zu, wie dieser versucht, den Zeigefinger durch den Henkel seiner Tasse zu stecken. «Ich hole mir noch ein Brötchen», sagt sie und steht auf. Der Großvater führt die volle Tasse langsam zum Mund. Je höher er sie hebt, desto mehr Kaffee schwappt über den Rand. Der Junge überlegt sich wohl, ob er ihm helfen soll. Er streckt zögerlich die Hand aus, zieht sie wieder zurück. Die Tasse stabilisiert sich einigermaßen, als der Großvater trinkt. Trotzdem tropft Kaffee aufs weiße Hemd. Als er die Tasse wieder hinstellt, ist sie zur Hälfte leer. Die Tochter kommt zurück, sieht das fleckige Tischtuch, die Tasse, die im Unterteller im Kaffee schwimmt, und den Kaffee, der dem Vater immer noch vom Kinn tropft. «Aber Jan, du musst ihm doch helfen!», ruft sie, und Jan bemerkt, wie sich an Nachbartischen Köpfe nach ihnen umdrehen. Er starrt auf seinen Teller. Seine Mutter nimmt eine Serviette und wischt dem Vater das Kinn ab.

22

Meine früheste Erinnerung ist ein Stadtbesuch mit meiner Mutter. Ich war ungefähr drei Jahre alt. Es war Jahrmarkt. Ich muss meiner Mutter von der Hand weggelaufen sein, vielleicht, als sie sich mit jemandem unterhielt. Ich trottete hinter einen Wohnwagen und sah auf einem Stuhl einen schwarzen Mann sitzen. Ich erinnere mich, dass mir in diesem Moment sehr bewusst war, dass ich noch nie einen Schwarzen gesehen hatte. Er hatte mich noch nicht bemerkt und war gerade dabei, sein Gesicht und die nackte Brust mit roter Farbe zu bemalen. Ich muss mit offenem Mund unbeweglich dort gestanden haben, denn als er mich sah, lachte er laut auf. Er winkte mir zu, stand auf, kam herüber und drückte mir eine Süßigkeit in die Hand. Dann verschwand er im Wagen, meine Mutter fand mich und vergaß über dem Schrecken sogar die Ohrfeige.

Kurze Zeit später sah ich den Mann erneut. Ein Schausteller zog einen Vorhang auf und präsentierte auf der Bühne meinen bemalten, halbnackten schwarzen Freund, ein Leopardenfell um die Lenden, mit einer Eisenkette um den Hals an einen Baumstamm gekettet, schreckliche Schreie ausstoßend, an der Kette zerrend, scheinbar danach lechzend, dem einen oder anderen im Publikum den Hals umzudrehen und seine Eingeweide zu fressen. Der Schausteller kündigte ihn an als den schrecklichen Neger Hulala. Ich habe in meinem Leben oft an den schrecklichen Neger Hulala gedacht, den ich als so freundlichen Mann kennengelernt hatte.

23

«Sie lesen?»

«Wie wär's mit anklopfen?», fragt er ärgerlich.

Frau Feller steht im Zimmer und beobachtet ihn neugierig. Herr Kehr liegt auf dem Bett ausgestreckt, ein Buch vor sich auf dem Kopfkissen, das von der Nachttischlampe beleuchtet wird. Er trägt seine Lesebrille auf der Nase und wendet ihr mühsam den Kopf zu.

«Tut mir leid. Ich dachte, Sie schliefen schon. Was lesen Sie denn da?», fragt die Pflegerin.

«Was?»

«Was lesen Sie für ein Buch?», fragt sie und zeigt auf das Kissen.

Herr Kehr dreht seinen Kopf langsam zurück und blickt auf das Buch. «Was haben Sie gesagt?»

«Was ist das für ein Buch, das Sie da lesen?»

«Ja … ein Buch», sagt er.

«Haben Sie gelesen?»

«Ich bin hier gewesen … ja … ich bin schon lange hier. Sehen Sie, da.»

Herr Kehr weist mit dem Finger quer durchs Zimmer. Frau Feller folgt seinem Blick, richtet ihn dann aber wieder auf ihn.

«Was haben Sie denn gelesen?»

«Gibt es bald Abendessen?»

«Sie haben schon gegessen, Herr Kehr.»

«Ja, ich weiß … Schweinebraten.»

«Gute Nacht, Herr Kehr.»

«Ja, gute Nacht … und … danke.»

24

Du warst fünfzehn, als Paul sich umbrachte, und du glaubtest vielleicht, sein Tod sei für dich unerträglicher als für mich, weil euer Verhältnis ganz ungetrübt war. Paul liebte es, Onkel zu sein. Er hatte es kaum erwarten können. An einer Weihnachtsfeier bei uns hat er einmal, als die ganze Familie und auch Hans und dessen Eltern – Franziska und Hans waren seit kurzem verheiratet – am Tisch saßen, Franziska und Hans gebeten, sie möchten doch bitte bald mit der Reproduktion beginnen und ihn zum Onkel machen. So hat er es gesagt. Mit dem gewohnten Schalk. Ich war der Einzige, der laut lachte. Ursula huschte ein Lächeln übers Gesicht, Hans' Eltern waren so pikiert wie Hans selber, Franziska nach deren Reaktion sofort auch peinlich berührt, und es herrschte Stille am Tisch. Nur die Gabeln und Messer klapperten. Über so etwas redete man nicht! Schon gar nicht beim Essen.

Normalerweise wäre mir diese Stille höchst willkommen gewesen, denn Hans' Eltern erzählten die langweiligsten, trockensten Banalitäten und richteten sich mit Vorliebe an ihren Sohn. Aber jetzt war Weihnachtsabend, und Hans war Franziskas Ehemann, und deshalb war die Stille auch mir unangenehm, weshalb ich Hans, den Versicherungsmann, irgendetwas über Versicherungen fragte. Und er erzählte detailreich und lange, seine Eltern strahlten schon vor lächerlichem Stolz, und er redete, bis alle die peinliche Stille vergessen hatten. Alle außer ich, der über die Peinlichkeit der Peinlichkeit, über die Sinnlosigkeit der Peinlichkeit, über die menschliche Tragödie in dieser Peinlichkeit nachdachte und die Worte nicht mehr hörte, die aus Hans' Rachen drangen. Sie zerplatzten wie Seifenblasen über dem Tisch und verdarben mir den Appetit. Zumindest bis zum Dessert.

Weihnachten ging glücklicherweise vorüber, und Paul wurde glücklicherweise bald tatsächlich Onkel. Es schmerzte ihn schon, dass Hans' Bruder Taufpate war und nicht er. Aber bald würde klar sein, dass Onkel Paul dir viel mehr war als dein Taufpate. Jetzt fällt mir auch der Name von Hans' Bruder nicht mehr ein. Macht nichts. Er war ein Idiot.

Als Paul nach deiner Geburt ins Spital kam, wie so oft verspätet, weil seine alte Kiste liegengeblieben war und er hatte daran herumschrauben müssen, schritt er, ohne zu grüßen, direkt zu deiner Krippe, schaute dich einige Sekunden lang an, hob dann den Blick und schenkte uns allen ein seliges Lächeln. Dann küsste er Franziska auf die Stirn, umarmte Hans, nahm sich den Hocker, der unter dem Waschbecken stand, setzte sich neben die Krippe und schaute dir beim Schlafen zu, ohne sich weiter um uns zu kümmern. Und manchmal, in romantischen Momenten, denke ich mir, dass du vielleicht in deinem Schlaf merktest, dass neben deinen Eltern auch noch dein Onkel Paul und deine Großeltern da waren, die dich liebten und auf die du dich verlassen konntest. Und heute weiß ich, wie falsch ein Baby liegen kann, wenn es sich direkt nach der Geburt einer Sache so sicher ist. Denn Paul und ich, wir haben dich beide im Stich gelassen.

25

Demenzabteilung. Herr und Frau Kernter. Beide Alzheimer. Sie im Rollstuhl, stumm. Nur manchmal noch ein Laut. Er, ein stattlicher Mann, geht umher, stets mit interessiertem Blick. Was gibt es wohl dort vorn im Flur zu entdecken? Türen. Ein Fenster. Ein Sofa, auf dem die Fischers sitzen. Er mustert die Fischers, bis diese ihn fragend ansehen. Er mustert sie noch ein bisschen länger, wendet sich dann ab und schreitet den Flur wieder zurück. Dort war er noch nicht, denkt er. Er entdeckt seine Frau. Sie sitzt im Aufenthaltsraum an einem Tisch, ein Glas Tee vor sich. Am selben Tisch sitzt Herr Müller. Das ergibt sich halt so. Die Dementen werden ein bisschen verteilt. Frau Kernter kann auch mal zum Müller geschoben werden. Mal schauen, wie das geigt. Sie sind ja beide harmlos.

Nicht so Herr Kernter. Nun ja, meist schon, aber manchmal eben auch nicht. Da reicht die Dosierung nicht aus, und ihm würde ein weiteres Beruhigungstablettchen guttun. Aber das muss man zuerst einmal merken. Und so merkt man's: Herr Kernter sieht seine Frau im Aufenthaltsraum und geht zu ihr hin. Was sie da macht, fragt er, will wissen, wo sie war, wer der Müller ist, warum sie ihm nicht gesagt hat, wo sie sitzt. Sie bleibt stumm. Nur manchmal noch ein Laut. Und jetzt wird sein Kopf rot, jetzt schlägt er mit seinen großen kräftigen Händen auf den Tisch, brüllt und wirft ihr Teeglas gegen die Wand. Und jetzt hat man die Misere. Der Boden ist voller Tee und Scherben. Die Rollstühle, die in der Nähe stehen, werden einer nach dem anderen rausgeschoben. Das dauert eine Weile, denn man hat zu wenig Personal, und das hat zu viel Arbeit und verdient dabei nicht genug. Deshalb karrt nur eine Pflegerin die rollenden Dementen in den Gang, während eine Auszubildende sicherstellt, dass niemand aufsteht und sich die Füße schneidet. Und der Demenzabteilungszivildienstler – was sind die Pflegerinnen froh, dass mit den Zivildienstleistenden etwas mehr Manneskraft zur Verfügung steht – holt den Besen und fängt an, die Scherben zusammenzuwischen, nachdem er den Herrn Kernter auf ein Sofa in der Küche gesetzt hat. Das Kalb ist schon wieder ganz Lämmlein.

Man muss in der Pflege aufpassen, dass man nicht geschlagen oder gebissen wird. Das kommt immer wieder mal vor.

Gerade im Umgang mit hie und da gewalttätigen Dementen braucht man viel Erfahrung. Eine Auszubildende hat Herrn Müller einmal gegen die Brust gestoßen, nachdem er sie ins Gesicht geschlagen und sie sich erschreckt hat. Er wäre beinahe gestürzt. Sie wollte, dass er sich setzt und wurde ungeduldig, als ihre Vernunft nicht zu seinem Irrsinn durchdringen konnte.

Vielleicht die Dosis doch grundsätzlich etwas erhöhen, täglich ein Tablettchen mehr, werden die Pflegerinnen nach Herrn Kernters heutigem Ausraster überlegen.

26

Manchmal werde ich rot. Wir sollen ja im Alter wieder Kinder werden. Wir schrumpfen in Körper und Geist. In Pflegeheimen lässt sich diese Rückentwicklung besonders gut beobachten, weil sie sich auf zwei einander verstärkenden Ebenen abspielt. Die Pflegerinnen sagen: «Sie sind heute sehr gut marschiert, Frau Fischer, Sie haben Kraft in den Beinen, hm?» Oder: «Das haben Sie sehr schön gezeichnet, Herr Tadicek.» Oder: «Essen Sie doch auf, Frau Fasser, wir machen heute einen Ausflug, da brauchen Sie viel Energie.» Oder: «Wollen Sie jetzt nicht schlafen, Herr Zimp? Morgen müssen Sie früh aufstehen.» Und bei den Alten schwinden derweil Geisteskraft und Selbständigkeit.

Dennoch hinkt der Vergleich, in meinen Augen. Was im Alter zuerst schwindet, sind Erinnerungsvermögen und Beweglichkeit. In beidem sind Kinder den Alten weit überlegen. Blasentechnisch gleichen sie sich schon eher. Ob mit Pfirsichhaut oder schrumpelig wie eine Erdnuss, in die Hose pissen sie alle. Auch ich hin und wieder, nur schon, um nicht aufzufallen.

Als Schulbub wurde ich rot, wenn mich ein Lehrer vor der

Klasse bloßgestellt hat oder wenn der Onkel schlecht von meinem Vater sprach. Aber dann, als ich älter wurde, schwand die Schamröte aus meinem Gesicht. Rot wurde ich nur noch von kalter Luft, Sport oder Alkohol. Jetzt ist sie zurückgekehrt, hat mein Faltengesicht zurückerobert, lässt es leuchten wie ein kitschiger Sonnenuntergang ein wellenzerfurchtes Meer. Ich fühle mich dann und wann, beispielsweise wenn ich glaube, beinahe erwischt worden zu sein, wie ein Schulbub, der einen Streich spielt. Das ist grundsätzlich ein hervorragendes Gefühl. Nur ist mein Streich derber als jene, die ich in meiner Schulzeit gespielt habe. Und manchmal frage ich mich, wem ich ihn eigentlich spiele. Ob nicht am Ende mir selber.

27

Du hast mir mit ungefähr sechs Jahren erzählt, dass du keine Angst vor den Toten hast. Ob ich wisse, weshalb du keine Angst habest, hast du mich gefragt. Ich wusste es nicht. Du gingst manchmal mit Paul spazieren, und dabei hattet ihr euer Ritual. Zuerst habt ihr in der Bäckerei Schokoladenstengel und Brötchen gekauft. Und dann seid ihr zum Friedhof gegangen. Ihr habt immer dieselben Gräber besucht. Den Jungen, der nur fünf Jahre alt geworden ist, den Soldaten, auf dessen Grab ein Schwarzweißfoto von ihm in Uniform stand, und noch ein paar andere. Ihr habt eure toten Freunde besucht, hast du erzählt. «Denen kann man alles sagen», hast du gesagt. «Sie hören einem immer zu und verraten kein Geheimnis.» Paul hat dir das erzählt.

Einmal, nicht lange nach Pauls Tod, hast du mir erzählt, dass Paul jetzt dein toter Freund sei. Du besuchst ihn heute noch. Und ich? Ich nicht. Ich kann es nicht.

28

Eine dicke Frau sitzt im Bett und schimpft laut. «Beruhigen Sie sich, Frau Tüsser, ich verstehe nicht, was Sie sagen», sagt Daniel. Dann wird ihm klar, dass Frau Tüssers Gehhilfe verschwunden ist und dass sie Herrn Kehr verdächtigt. Er geht zu dessen Tür und klopft. Als niemand antwortet, klopft er erneut und öffnet. Herr Kehr ist im Zimmer, schiebt die Gehhilfe im Kreis vor sich her und summt vergnügt eine Melodie.

29

Frau Tüsser ist eine Hexe. Sie ist intolerant, arrogant und engstirnig. Sie ist eine gläubige Christin. Ein Ungeheuer. Sie missioniert im Pflegeheim herum, schleicht auf ihre Gehhilfe gestützt von Stockwerk zu Stockwerk. Insassen, deren Familien und das Personal können sich ihrer Predigten nicht erwehren. Ganz besonders hat sie es auf die ausländischen Pflegerinnen und Putzfrauen abgesehen. Sie doziert mit stoischer Aufsässigkeit, beißt sich fest, lauert auf, lockt mit freundlichem Lächeln. Ihre ausdauernde Zunge ist klebrig wie die einer Kröte, sie schläfert ein und lähmt. Einwände hört sie nicht. Viele stellen sich taub. Ein weiterer Vorteil am Leben im Pflegeheim: Niemand wundert sich, wenn man nicht hört.

Überall liegen ihre Pamphlete herum. Wer sie damit versorgt, ist mir schleierhaft. Irgendeine Freikirche vielleicht, der es egal ist, was für Irre sie auf die Menschheit loslässt, um ein paar verirrte Schäfchen ins Boot zu holen, die sich freut, wenn im Pflegeheim eine verfaulende, dicke Schlange herumkriecht und dafür sorgt, dass die Alten einen Teil ihres Vermögens, am liebsten ihr ganzes Vermögen der Kirche vermachen.

Frau Tüsser ist ein hinterlistiges Miststück. Sie sät Zwietracht und verspricht ein Heilmittel gegen ihr eigenes Gift. Doch das Heilmittel taugt nichts. Es enthält mehr Gift, süßes Gift der Verblendung, ansprechend eingehüllt in Weihrauchdüfte.

Hie und da spiele ich ihr einen Streich. Ich habe es mir zur unterhaltsamen Nebenbeschäftigung gemacht, Frau Tüsser das Leben ein bisschen schwerzumachen. Ich bin der Racheengel der Geplagten, die ausgleichende Ungerechtigkeit.

Ohne ihre Gehhilfe kann sie nicht aufstehen. Manchmal nehme ich ihr die Räder weg und sperre sie so in ihr Zimmer. Da sitzt oder liegt sie dann und klagt und jault. Bis sich eine Pflegerin ihrer erbarmt. Niemand mag Frau Tüsser. Manchmal muss sie deshalb ein wenig länger warten. Aber so eine gute Christin ist sie dann doch nicht, dass sie ihr Martyrium schweigend auf sich nähme.

30

Du hast schon immer offen mit mir geredet. Nur vor ein paar Monaten, am Anfang, gab es eine Ausnahme. Sie währte nicht lange. Du hast deine Unverblümtheit im Umgang mit mir zurückgewonnen, obschon ich unmöglich bin. Ich empfange dich mit schlechter Laune, ich weiß nicht, wer du bist, auch wenn ich sehe, wie sehr dich das verletzt. Ich erinnere mich nur zu gut, wie deine Augen feucht wurden, als ich dich das erste Mal nicht mehr kannte. Ich bin müde oder missmutig, will nicht an die frische Luft oder überhaupt nicht aus dem Zimmer. Kurz: Ich tue alles, damit du schnell wieder gehst. Am Anfang hat das funktioniert. Du warst überfordert, traurig, verwirrt und hast es nicht lange bei mir ausgehalten. Eine

Pflegerin sagte dir sogar einmal, sie habe den Eindruck, ich sei immer in auffallend schlechtem Zustand, wenn du zu Besuch kamst. Sie meinte es wohl eher entschuldigend denn als Vorwurf. Du hast es aber so verstanden, wie ich es dich verstehen lassen wollte. Ich hasste es, der Grund für deine Trauer zu sein. Dieses Leiden war nichts im Vergleich zu meiner jetzigen Qual, jetzt, wo du mich trotz allem noch regelmäßig und länger besuchst und mit mir redest, auch wenn ich dir mit allen Mitteln zu verstehen gebe, dass ich dir nicht zuhöre, obwohl ich jedes einzelne deiner Worte gierig aufsauge.

31

Wir sind hier im Pflegeheim. Jeder, der hier wohnt, will seine Geschichte erzählen. Kommen wir zu meiner.

Ich bin am 1. September 1904 geboren. Das war der Tag, an dem im Unterengadin der letzte Schweizer Bär geschossen wurde. Ich bin im Herbst geboren. Herbst und Winter sind auch meine Lieblingsjahreszeiten. Die Leute wünschen sich ja oft schönes Wetter. Und damit meinen sie dann eitel Sonnenschein. Auch ich genieße einen Sonnentag. Aber richtig schön ist das Wetter für mich nur, wenn es eben wirklich wettert.

In den letzten Jahren hat meine Beziehung zu Herbst und Winter wegen meiner alten Gelenke gelitten. Aber früher war ich am liebsten draußen, wenn es schneite oder regnete oder windete. Auch Ursula war wetterfest. Und als ich nach ihrem Tod allein meine ausgedehnten Spaziergänge machte, war es mir sowieso recht, wenn ich möglichst wenig Menschen antraf. Ich war dem Winter stets dankbar, wenn viel Schnee fiel, der den Lärm dämpfte und viel Hässliches zudeckte.

Ich bin die ersten Jahre meines Lebens in einem Dorf aufgewachsen, und mir blieb nicht viel Zeit, meinen Vater zu bewundern. Er war Schreiner, ein starker, stolzer Mann und guter Handwerker muss er gewesen sein, doch daran erinnere ich mich nicht. Ein Schreiner mit eigenem Geschäft, bis es vom Feuer gefressen wurde. Die Versicherung zahlte aus irgendeinem Grund nicht. Mein Vater wurde arbeitslos, hätte sich als gottesfürchtiger Mann aber sicher gefangen, hätte neu angefangen, wenn nicht bald darauf meine Schwester, das einjährige Mariechen, gestorben wäre. Ihr Tod hat dem Vater das Herz gebrochen. Er ertränkte seinen Schmerz im Alkohol. Er wurde zum Dorfsäufer, und das will etwas heißen, denn damals soffen viele, doch zum Dorfsäufer reichte es nur meinem Vater. Er soff so viel, weil er so viel wegzuspülen hatte. Das einjährige Mariechen war ein kleines Kind. Doch er hatte sich vorgenommen, noch etwas viel Größeres wegzuspülen. Etwas unendlich Großes, den lieben Gott. Mein Vater hat sich vorgenommen, den Herrgott aus seinem Leben zu spülen, und da musste er viel saufen, denn der Herrgott hatte in seinem Leben viel Platz eingenommen. Mein Vater war ein starker Mann, und so, wie er zuvor ein guter Schreiner gewesen war, war er jetzt ein guter Säufer, und schließlich gelang ihm das Unmögliche tatsächlich, und er soff den lieben Gott tot und sich selbst gleich mit. Sturzbetrunken wie immer verließ ihn eines Nachmittags das Glück des Besoffenen. Er kam mit dem Mofa auf die Gegenfahrbahn und knallte frontal in einen Holztransporter, der ihn auf der Stelle tötete.

Meine Mutter hätte sowohl die verbrannte Schreinerei als auch das tote Mariechen überstanden. Die Verwahrlosung ihres Ehemanns war zu viel. Sie starb an einer Lungenentzündung, noch bevor mein Vater seine gottesmörderische Mission erfüllt hatte.

Mir legte der Vater mit seiner Dorfsäuferkrone natürlich

ebenfalls einen gewaltigen Stein in den Weg, den ich vielleicht auch hätte wegsaufen können, wenn ich zum Saufen nicht zu klein gewesen wäre. Ab meinem zehnten Lebensjahr lebte ich bei der Schwester meines Vaters mit ihrem Mann und den fünf Söhnen zusammen. Sie wohnten in einem ehemaligen Bauernhof auf dem Land. Rundherum nur Bauernbetriebe. Mein Onkel hatte alles Land verkauft oder verpachtet. Keine Kühe mehr, die ich frühmorgens hätte melken müssen. Wenigstens keine Kühe.

In der Schule konnte ich der Schmach des Dorfsäufersohns mit Streichen und Sprüchen trotzen, im Haus meiner Tante war das schwieriger. Da hieß es Maul halten und tun, was einem gesagt wurde. Der Apfel fällt nicht weit vom Stamm. Diesen Spruch bekam ich oft zu hören, weshalb ich ihn bis heute hasse.

Ich musste schuften: Holz hacken, Feuer machen, Geschirr spülen und Wäsche waschen, Böden schrubben, Hasen und Hühner füttern, einkaufen und vieles mehr. Ein Aschenputtel war ich, nur leider ein männliches, und die werden ja bekanntlich nicht von reichen Prinzen errettet. Die reichen Prinzessinnen aber ziehen nicht aus, die hocken zu Hause und lassen sich Anwärter vorführen. Ich hatte keine Zeit, auf Prinzessinnenschau zu gehen. Erstens war ich zu jung, zweitens hatte ich Kartoffeln zu schälen.

Der geizige Onkel arbeitete in einer Maschinenfabrik. Jeden Morgen musste er eine gute Stunde zu Fuß ins Dorf hinunter. Er und die fünf Söhne waren hungrig, und ich war ein äußerst unwillkommener Gast. Deshalb aß ich in der Küche, was man glaubte, mir füttern zu müssen. Man glaubte offensichtlich, ich käme mit wenig Nahrung aus.

32

«Herr Kehr, haben Sie Frau Cagliaris Vanillecreme gegessen?»

«Die ist gut, diese Vanillecreme … ja, sehr gut.»

«Sie dürfen den anderen nicht ihr Dessert wegessen, Herr Kehr.»

«Ja, ich habe genug gegessen. Ich möchte nichts mehr.»

«Der Koch hat genau abgezählt, wie viele Schälchen es braucht.»

«Ja, warum nicht … ein Schälchen Lauch.»

«Nein, der Koch hat gezählt, wie viele Schälchen es braucht.»

«Ja, das schon … Das ist … sehr schöne Schälchen. Haben Sie noch etwas Kaffee?»

33

Ich bin keiner von denen, die ständig übers Essen maulen. Dazu gibt es auch keinen Grund. Das Essen hier ist in Ordnung. Aber viele Insassen beschweren sich ständig. Übrigens kämpft Frau Tüsser, die Missionarin, auch in dieser Disziplin an vorderster Front. Bei ihr sind die Teigwaren verkocht, die Kartoffeln nicht genug gewürzt, der Tee zu wenig süß, die Suppe nicht heiß genug. Natürlich, man war ein Leben lang die eigene Kochkunst oder die der Ehefrau gewohnt. Und jetzt gibt's halt keine Lieblingsspeisen mehr. Der Gaumen muss sich ein letztes Mal umgewöhnen, so wie sich der Rest des Körpers, wie sich der ganze Mensch umgewöhnen muss. Das ist eine Tragödie. Denn wenn es etwas gibt, was alte Menschen verabscheuen, dann ist es Veränderung. Und doch ist es erstaunlich, ein Wunder eigentlich, wie flexibel viele von ihnen noch sind. Auch im hohen Alter noch Fähnchen im Wind.

Zu Beginn der Woche wird jeweils auf allen Etagen der Wochenspeiseplan aufgehängt. Ich schaue dann, was es zum Dessert gibt, und wähle mir, so weit möglich, meine Tischgenossen entsprechend aus. Wenn ich ein Dessert besonders mag, wie Vanillecreme, dann stelle ich sicher, dass ich neben stark dementen Insassen sitze.

Als Kind habe ich nie Dessert gegessen. Zumindest nicht nach dem Tod der Eltern. Im Haus der Tante fand man, Süßes gehöre nicht auf den Speiseplan eines Dorfsäufersohns. Erst viele Jahre später verdiente ich genug Geld für Süßigkeiten. Und dann entwickelte ich eine Sucht. Glücklicherweise bewahrt mich mein Stoffwechsel bis heute vor Fettleibigkeit. Dicke haben es im Pflegeheim schwerer. Sie bereiten den Pflegerinnen mehr Arbeit. Und das mögen die Pflegerinnen nicht.

Eigentlich gibt es hier eine Sitzordnung. So werden Probleme vermieden. Denn die Insassen sind nicht alle gute Freunde. Es geht hier zu wie in den richtigen Gefängnissen. Einige möchten andere am liebsten abmurksen, und es mangelt nicht an Streitereien, die durchaus auch einmal von einer Ohrfeige oder einer hinterhältigen Rollstuhlattacke begleitet werden. Man kann diese Sitzordnung umgehen, und wenn man es schafft, nicht verdächtig zu wirken, dann drücken die Pflegerinnen ein Auge zu und ändern die Sitzordnung spontan, wenn der alte, friedfertige Kehr schon so bequem auf einem Stuhl sitzt. Es sei denn, die Abteilungsleiterin hilft beim Mittagessen den Pflegerinnen beim Füttern. Dann gibt es kein Pardon. Am Esstisch benehme ich mich immer vorbildlich, und ich versuche, auch sonst nicht allzu viel Staub aufzuwirbeln. Unscheinbar zu sein ist die Königsdisziplin des Pflegeheimgesetzlosen. Und deshalb ist noch wichtiger, als nicht erwischt zu werden, dass die Pflegerinnen von meiner Süßigkeitenkleptomanie nichts mitbekommen. Nach einem Missgeschick wie heute Mittag muss ich mich für einige Wochen wieder mit einem einzigen Dessert pro Mahlzeit begnügen. Oder ich stehe in der Nacht auf und schleiche in die Küche.

Es war Frau Tüsser, die meinen Diebstahl verraten hat. Ich habe es gesehen. Nun ja: Auch ein blindes Huhn findet mal eine Flinte im Korn.

34

Herr Kehr sitzt auf einem Stuhl im Gang. Er sitzt da, die Beine übereinandergeschlagen. Nach einigen Minuten wird ihm gegenüber eine Zimmertür geöffnet, und eine Frau tritt schnell auf den Flur heraus. Als sie Herrn Kehr erblickt, murmelt sie etwas von «Fotos anschauen» und entfernt sich schnell.

35

Wenn ich denke, dass die katholische Kirche noch heute verkündet, Sex solle ausschließlich der Fortpflanzung dienen, muss ich schmunzeln. Die Alten hier kriegen keine Kinder mehr. Aber treiben tun sie's, dass sich die Pflegeheimbalken biegen. Es gibt Studien zur Alterssexualität, die besagen, im Alter hätten nur noch jene Sex, die in einer Beziehung leben. Die lieben Forscher haben für ihre Studien sicher nicht mit Herrn Widmer geredet. Er hätte ihnen gern was anderes erzählt. Man könnte einwenden, Herr Widmer sei die Ausnahme. Doch was wären dann seine sechs Gespielinnen?

Die Potenz ist natürlich das große Problem. Sie schwindet mit dem Alter, lässt einen schrumpeligen Schlauch zurück, zwei haarige Hängehoden. Auch meine Manneskraft ist verbraucht. Doch das Leid der meisten ist das Glück des Herrn Widmer, der in dieser Beziehung noch voll im Saft ist. Die Auswahl an männlichen Sexualpartnern ist beschränkt. Beschränkt auf Herrn Widmer, der keine Skrupel hat, seine Rolle als Primus der Genitaltüchtigkeit im Pflegeheim, sein Erektionsmonopol, schamlos auszukosten.

Dabei geht er ganz ordentlich vor. Er ist gut organisiert, der Herr Widmer. Es hat sich natürlich bei den Frauen schnell herumgesprochen, dass der Widmer noch kann. Bald hatte er die Qual der Wahl, und er wählte seinen Harem besonnen aus, und seiner Ansicht nach fair. Bei weitem nicht alle Frauen hier wünschen, die Dienste des Herrn Widmer in Anspruch zu nehmen. Aber es sind genug, um ihm die Befriedigung zu verschaffen, die er nötig zu haben scheint.

An jedem Wochentag wird er von einer anderen besucht. Er hat seine Montagsdame, seine Dienstagsdame und so weiter. Wenn eine stirbt oder aus einem anderen Grund keine Zimmerbesuche mehr macht, wird sie ersetzt. Nur am Sonntag gönnt er seinem Penis eine Pause, einen Ruhetag. Am Sonntag ruht Herrn Widmers Freudenrohr, und mit schlaffem Glied lauscht er der Predigt in der Sonntagmorgenmesse.

Sex ist die neue Religion. Die christliche Religion wurde von einem ihrer mächtigsten Gegner überwunden, niedergerungen und zerschmettert. Ich begrüße ihren Niedergang, doch hätte ich mir gewünscht, sie wäre von ihrem zweiten großen Widersacher, von der Vernunft, besiegt worden. Früher war die Religion der Goldesel der skrupellosen Verführer, heute ist es Sex. Früher wurden den Armen ihre letzten Kreuzer aus dem Sack gezogen, während man sie tröstete, ein Leben in Armut sei ein gottgefälliges Leben. Und den Reichen hat man ihre Sünden für einen anständigen Batzen vergeben. Ob Arm oder Reich, ein Platz im Himmel war meist bezahlbar.

«Sex sells», sagt man heute. Sogar Tiefkühlpizzas werden in der Werbung mit ein paar Scheibchen Sex belegt. Ich habe nichts gegen Sex. Im Gegenteil. Solange ich konnte, hatte ich das größte Vergnügen daran. Aber auf meiner Pizza ziehe ich traditionelle Zutaten vor.

36

Kätzchen, ich stelle vor: Sophie. Siehst du sie? Sie ist hübsch, nicht wahr? Die hübscheste junge Frau überhaupt. Als sie vorgestern hier war, hast du dich auf ihren Schoß gesetzt. Das machst du sonst nie. Alle wollen dich anfassen, wenn du durch die Gänge streichst. Herrscherin über einen grauen Hofstaat, der dir zu Füßen liegt, obwohl du es bist, die um unsere Füße streift. «Funny» rufen dich jene, die sich deinen schrecklichen Namen merken können. Die meisten sagen «Fönny», weil sie das englische Wort nicht aussprechen können. «Fönny, komm her.» Aber du gehst selten hin. Du und ich, wir sind zwei der ganz wenigen Unbekannten in der Gleichung Pflegeheim, eine kleine Unberechenbarkeit.

Sie verbringt viel Zeit in ihrem Zimmer, hat Sophie gesagt. Strickt Socken und Pullover für ihr Baby. Sie hat ihr eigenes Zimmer in der Wohnung, Kätzchen. Das hat sie von mir. Du kennst es auch, nicht wahr? Wenn du zu mir hereinkommst, dann auch, weil du weißt, dass du hier unbehelligt bleibst. Ich hoffe nur, sie hat den Rückzugsdrang in gesundem Ausmaß geerbt.

Mit der Schwangerschaft sei ihr dieses Zimmer noch wichtiger geworden, hat sie erzählt, unterbrochen von meinen sporadischen Sinnlosigkeiten, die sie gänzlich unbeeindruckt ignoriert. Eine Liebesbeziehung, die ihre Basis in einer Viereinhalbzimmerwohnung habe, schlinge ein enges Band. Und dann: «Solange man kein Kind erwartet, besteht immer die hypothetisch einfache Möglichkeit, die Beziehung zu beenden. Seit sechs Monaten versuche ich, mich daran zu gewöhnen, dass ein Fötus diesen Notausgang verstopft.»

Sie, die ihren Kinderlosigkeitswunsch nie verheimlicht hat. Ihren Kinderlosigkeitswunsch, mit dem auch Robert sich hat abfinden können. Im Gegensatz zu mir. Nicht dass ich wie Paul um Reproduktion gebeten hätte. Aber wohin mit der Welt, wenn sich Sophie und Robert gegen Kinder entscheiden? Die Verantwortung für die zukünftige Erdpopulation in die Schöße der vornehmlich unsäglichen Enkelkinder meiner Mitbewohnerinnen und Mitbewohner legen?

Und dann seien sie auf Sizilien gewesen, und Sophie habe die Pille vergessen. Von der Distanz zur heimischen Alltäglichkeit hat sie erzählt, von der allgegenwärtigen Üppigkeit, den Zitronenbäumen, dem Meeresrauschen. Von unzähligen streunenden Katzenjungen, denen sie Trockenfutter brachte. Von Fischen, Krebsen, schwerem dunklen Wein und vom mysteriösen Einfluss der fruchtbaren sizilianischen Vulkanerde. Von salziger Haut, offenen Fenstern und Meeresbrise, quietschenden Vespareifen, entrückten Autohupen und munteren Stimmen alter Sizilianerinnen, die in ihrer melodiösen Sprache von Balkon zu Balkon Neuigkeiten austauschten. Fast hat mich die alte Reiselust wieder gepackt. Und dabei war sie gewohnt offen, Kätzchen, und wir wurden beide nicht rot, als sie vom Verzicht auf Kondome erzählte.

Ich war unvorbereitet, als Sophie plötzlich anfing, von Pauls Selbstmord zu reden. Ich musste die Augen schließen, musste so tun, als würde ich einnicken. Sie weiß, dass man mit mir nicht darüber reden darf. Ich fragte mich, ob das ein Trick war, ob sie mich provozieren wollte. Ich beobachtete sie unter den

Augenlidern. Sie ließ sich nichts anmerken und redete von Paul und auch von meinem Onkel Alfred, der sich im Stall erhängt hat, und niemand hat je die Gründe erfahren. Wegen der Gene mache sie sich Sorgen, sagte sie. Sorgen um ihr Baby. Und während sie redete, fing auch ich an, mir Sorgen zu machen. Aber ich beruhigte mich. Es sind jetzt andere Zeiten. «Bei den Hemingways waren es fünf Selbstmorde in drei Generationen», sagte Sophie.

Und dann öffnete ich die Augen und sagte laut: «Wir sind keine Hemingways. Wir brauchen keinen Krieg und unseren Kopf nicht, um Türen einzuschlagen.» Und dann war ich endgültig eingeschlafen, bis Sophie gegangen war.

37

Früher Nachmittag. In der Cafeteria herrscht Betrieb. Einige Bewohner trinken Kaffee mit ihrem Besuch. An einem runden Tisch sitzen Einheimische, die in der Nachbarschaft wohnen und hier fast allabendlich Bier trinken. Der alte Mann im Rollstuhl ist allein mit seinen Losen beschäftigt. Jetzt tritt ein Zivildienstler zu ihm. «Und, haben Sie Glück, Herr Morand?»

«Nein», antwortet der, «heute gar nichts.»

«Gewinnen Sie denn manchmal?»

«Ja, mal ein bisschen mehr, mal ein bisschen weniger. Den großen Gewinn hatte ich aber noch nie.»

Der Zivildienstler setzt sich zu Herrn Morand. «Was haben Sie eigentlich früher gearbeitet?», fragt er.

«Ich war Automechaniker. Ich hatte meine eigene Werkstatt.»

«Ah, das ist gut. Was für Marken haben Sie repariert?»

«Eigentlich alles», sagt Herr Morand. «Spezialisiert war ich auf deutsche Autos.»

Der Zivildienstler nickt. «Haben Sie die Werkstatt verkauft?»

«Nein. Mein Sohn hat sie übernommen», sagt Herr Morand.

«Was? Ich wusste gar nicht, dass Sie einen Sohn haben!», ruft der Zivildienstler.

«Er ist sehr beschäftigt mit der Werkstatt. Es sind harte Zeiten», sagt Herr Morand.

38

Ich war vierzehn, als ich aus der Schule kam. Das ist bemerkenswert, weil außer mir nur einer der fünf Cousins auf die Sekundarschule geschickt wurde. Die anderen folgten ihrem Vater in die Maschinenfabrik.

Natürlich war ich der Aufgeweckteste unter meinen Stiefbrüdern. Ich hätte aber eher erwartet, dass man mich gerade deswegen möglichst schnell aus der Schule genommen und sich bemüht hätte, meine Begabung gründlich zu zerschmettern. Meinem Onkel hatte ich dieses Privileg nicht zu verdanken. Er hätte mich, ohne zu zögern, zur Arbeit geschickt, hätte wahrscheinlich dafür gesorgt, dass man mich ja nicht zimperlich behandelt, dass ich mir meine Träumereien und das faule Erbe meines Vaters durch besonders harte Arbeit hätte ausschwitzen müssen. Mir wäre das ganz recht gewesen. Ich ging nicht gern zur Schule, auch wenn sie mir keine große Mühe bereitete. Mich langweilte der Unterricht. Es fiel mir schwer, mich zu konzentrieren. Und die Lehrer straften mich dafür. Nur Rechenaufgaben mochte ich, wenn es still war im

Schulzimmer und alle für sich beschäftigt waren. Trotzdem entwickelte ich zum Rechnen keine große Liebe. Nur zum Lesen. Obwohl ich mir auch in den Leselektionen regelmäßig Schimpf und Schläge einhandelte. Nicht weil ich schlecht gelesen hätte. Sondern weil ich schneller las als meine Mitschüler und mich die Geschichten interessierten, die wir lasen. Wenn die Reihe nun an mich kam, laut vorzulesen, dann wusste ich selten, an welcher Stelle die Klasse war, weil ich in meinem eigenen Tempo gelesen und schon eine halbe oder zwei Seiten Vorsprung hatte.

Es war meine Tante, die gegen alle Widerstände dafür sorgte, dass ich die Sekundarschule besuchte. Wahrscheinlich fühlte sie sich ihrem Bruder verpflichtet, dem unheimlich viel an meiner Ausbildung gelegen hatte, dem ich die Hausaufgaben auch zeigen musste, wenn er spät nachts sturzbetrunken nach Hause kam. Wenn sie mir auch sonst nicht viel Gutes tat, fühlte sich die Tante diesem Herzenswunsch ihres nichtsnutzigen Bruders offenbar doch verpflichtet.

Gedankt habe ich es ihr nicht. Sobald die Schule fertig war, bin ich weggelaufen und habe erst nach Jahren wieder von mir hören lassen.

39

Herr Kehr sitzt auf seinem Bett und zieht sein Wolljäckchen aus. Er löst die Sicherheitsnadel, mit der der Sender am Jäckchen befestigt ist. Dann öffnet er den Kleiderschrank und legt den Sender unter einen Pullover. Er zieht eine Jacke an, tritt aus seinem Zimmer in den Gang und geht zu den Sesseln gegenüber vom Lift. Dort setzt er sich neben Frau Cagliari. Er blickt sich um. Als kein Personal zu sehen ist, geht er zum Lift, drückt auf den Knopf und stellt sich schnell neben Frau Cagliaris Sessel. Die Tür öffnete sich, niemand ist zu sehen. Herr Kehr geht hinein, drückt auf den Knopf fürs Erdgeschoss, winkt Frau Cagliari zum Abschied und hält sich zwinkernd den Zeigefinger vor die Lippen. Im Erdgeschoss wählt er einen kurzen Umweg, damit er die Cafeteria und den Empfang umgehen kann. Er zieht eine Baskenmütze aus einer Jackentasche, setzt sie auf, klappt den Jackenkragen hoch und eilt durch die elektrische Schiebetür aus dem Pflegeheim.

40

Die erste Zeit, die meinem vermeintlichen Schritt in die Freiheit folgte, war wenig ruhmreich. Die süßen Abenteuer, die ich mir ausgemalt hatte, schmeckten in der Realität bitter. Der Erste Weltkrieg war noch nicht ausgefochten, und an die erträumten Auslandsreisen war nicht zu denken.

Ich zog als Handlanger durch die Schweiz und steckte manchmal ein paar Franken, manchmal trockene Brotrinden und manchmal Prügel ein. In der Not frisst der Teufel Fliegen, und in der Not offenbart der Mensch seine menschliche Natur. Im Haus der Stiefeltern hatte ich meine ersten Lektionen gelernt, jetzt erkannte ich, dass in der menschlichen Natur der gefährlichste Dschungel auf dieser Welt verborgen lag.

Arbeit fand ich gelegentlich in der Landwirtschaft. Die Regierung hatte die Grundnahrungsmittel rationiert. Auf den Höfen hatte man aber alle Hände voll zu tun und Verwendung für einen Jungen, den man herumhetzen konnte und der auch für wenig Essen schwer arbeitete. Während also der Weltkrieg um die Schweiz herum wogte, focht ich meinen eigenen Überlebenskampf aus. Dieser fand dann aber fast zur selben Zeit wie derjenige Europas und exakt gleichzeitig mit einem dritten Überlebenskampf sein glückliches Ende.

Es war Oktober. Nach vier Monaten des Herumtreibens gelangte ich nach Genf. Ich wollte mir die Stadt ansehen und dann nach einem Hof Ausschau halten, wo ich mich verdingen und übernachten konnte.

Es gab damals immer wieder Proteste der Arbeiterschaft. Viele waren arbeitslos und hatten Hunger. Oder sie hatten Arbeit und konnten ihre Kinder trotzdem nicht ernähren. Neugierig schloss ich mich einem Demonstrationszug durch die Stadt an. Kurz darauf lösten Polizisten und Soldaten die Versammlung wenig zimperlich auf. Ich erhielt zwei Knüppelschläge auf den Kopf und machte mich mit Blut im Gesicht davon. Ich gelangte zu einem Park am See, wusch mich an einem Brunnen und legte mich unter einen Baum, wo ich in der Sonne einschlief.

Frierend und mit Kopfschmerzen schreckte ich hoch, und ich konnte den Lärm, den ich hörte, nicht einordnen. Es waren Hilfeschreie. Auf dem Quai stand eine Frau. Weit und breit war niemand zu sehen, der sie hätte hören können. Der Mond stand groß und tief am Himmel. Ich hatte mehrere Stunden geschlafen.

Die Frau konnte mich im Mondschatten des Baumes nicht sehen, doch ich überwand endlich meine Verwirrung und lief zu ihr. Sie redete hastig auf mich ein, aber ich verstand sie nicht. Da sah ich einen Mann im pechschwarzen See, sein Gesicht und die Hände, die immer wieder aus dem Wasser zuckten. Ohne nachzudenken, zog ich Schuhe und Jacke aus und sprang hinein. Die Kälte verschlug mir den Atem. Ich erreichte den Mann in drei Zügen. Er klammerte sich an mir fest, drückte mich unter Wasser, ich verschluckte mich. Plötzlich hatte ich Todesangst. Ich wehrte mich, aber ich konnte mich nicht befreien, der Mann war zu kräftig. Und dann ließ er mich los. Vielleicht hatte er gemerkt, dass er mich zu ersäufen drohte. Ich rang nach Atem, mein Herz donnerte. Ich sah seinen Kopf etwa einen Meter vor mir unter der Wasseroberfläche verschwinden, mit einem Stoß war ich bei ihm, packte ihn beim Mantelkragen und zog seinen Kopf über Wasser. Zehn Meter abseits von uns reichte eine Treppe ins Wasser. Wie ich auch strampelte und mit dem freien Arm ruderte, sie kam keinen Meter näher. Dann sah ich in der Mauer einen eingelassenen Metallring für Boote. Vielleicht konnte ich ihn greifen, wenn ich den Mann wieder am Mantelkragen festhielt. Ich musste mich strecken und mit den Beinen aus dem Wasser stoßen, und erst beim dritten Anlauf erreichte ich den Ring, als ich mit einem Fuß etwas Halt zwischen zwei Mauersteinen fand.

Doch die Mauer war glatt und endlos hoch. Meine Lage war schwierig. Mein Oberkörper reichte aus dem Wasser und wurde ohne den unterstützenden Auftrieb immer schwerer. Einmal meinte ich, oben Stimmen zu hören. Immer wieder entglitt der Mann beinahe meinem Griff. Ich merkte, wie meine Kräfte schwanden. Ich wusste nicht, ob er noch lebte, aber ich versuchte verzweifelt, seinen Kopf über Wasser zu halten.

Ich weiß nicht, wie lange ich mit dem Mann im Wasser war. Ich fühle immer noch, wie die Muskeln schmerzten, wie ich glaubte, im rechten Arm, mit dem ich am Ring hing, müsse etwas reißen. Irgendwie ahnte ich wohl, dass mein Schicksal mit diesem mittlerweile reglosen Körper verknüpft war. Und dann baumelte plötzlich ein Mantelärmel vor meinem Gesicht. Die Frau hatte Hilfe gefunden. Es brauchte viel Überwindung, bis ich den Metallring losließ und nach dem Ärmel griff. Ich weiß noch, dass ich die Treppe erreichte, wie mir Hände meine Last abnahmen und ich aus dem Wasser gezogen wurde. Dann weiß ich nichts mehr. Meine Erinnerungen setzen wieder ein, als ich in einem Bett in eine Decke gehüllt erwache. Und ich erinnere mich an großen Appetit auf die dampfende Suppe, die vor mir stand.

41

Frau Feller öffnet die Tür zum Musik- und Gymnastikzimmer. Auf einem Stuhl sitzt Herr Kehr und spielt auf einem Xylophon die Marseillaise. «Hallihallo», sagt er.

42

Sie haben mir den Sender angelegt, damit ich nicht mehr ausbüxen kann. Er würde Alarm auslösen, wenn ich durch die Schiebetür ginge. Manchmal tun mir die Pflegerinnen ein bisschen leid. Sie haben es schwer genug. Aber es geht nicht, dass ich mich in meiner Bewegungsfreiheit einschränken lasse. Meine Ausflüge sind keine großen Abenteuer, ich spaziere nur ein bisschen herum. Manchmal gehe ich zum Türken und kaufe mir ein Süßgetränk, das mir schadet, oder eine kleine Bestechungsgabe für mein Kätzchen. Mit dem Türken unterhalte ich mich sogar. Er ist mein einziger menschlicher Gesprächspartner, mit dem ich mich noch zivilisiert unterhalte. Die Gefahr, dass mich jemand kennt, ist klein. Hier kaufen fast nur Ausländer ein. Und die Ausländer, die im Heim arbeiten, sind meistens bei der Arbeit, wenn ich beim Türken bin. Hin und wieder sind sie damit beschäftigt, mich zu suchen.

Für mich ist es leicht, nicht zu reden. Es hat den Vorteil, dass auch mit mir nicht viel geredet wird. Ich habe im Leben genug gehört. Das meiste davon war nicht der Rede wert. Dass ich mit Sophie nicht reden kann, belastet mich zwar. Bei den anderen denke ich: Ob ich Schwachsinn oder Vernünftiges rede, die meisten hören ohnehin nicht zu.

Ausflüge zu Mehmet, dem Türken, sind das, was ich an Auslandsreise noch kriegen kann. Zweihundertfünfzig langsame, kurze Schritte entfernt. Mehmets Frau und am Abend und am Samstag auch der sechzehnjährige Sohn arbeiten ebenfalls dort. Mehmet steht vom Morgen bis zum Abend im Geschäft, meist zwölf bis dreizehn Stunden lang. Man kann die üblichen Schweizer Joghurts und Teigwaren kaufen, aber auch Exotisches, Baklava zum Beispiel. Oft schenkt er mir eine zweite, wenn ich eine kaufe. Er kennt meine Vorliebe für Süßigkeiten. Und wenn ich sage, ich sollte nicht, dann sagt er: «Wieso? Willst du gesund sterben?»

Bei Mehmet riecht es nicht steril wie in unseren Supermärkten. Bei ihm riecht es nach Brot und Gewürzen, nach Fleisch und Käse. Vielleicht bin ich altmodisch, aber ich mag es, wenn ein Lebensmittelladen nach Lebensmitteln riecht.

Die Anstrengungen der Pflegerinnen, mich im Auge zu behalten, sind nur halbherzig. Sie könnten mich auch auf die Demenzabteilung bringen, wo man die Ausbrecher versorgt. Dass ich diesem Schritt bisher entgangen bin, verdanke ich einerseits dem Umstand, dass die Station überfüllt ist und man mich auf meiner Etage eben in einem Einzelzimmer untergebracht hat, andererseits wohl der Tatsache, dass ich immer wieder zurückkomme. Ich beschränke Anzahl und Dauer meiner Ausflüge auf ein Minimum und versuche, nicht vermisst zu werden, oder wenigstens zu vermeiden, dass sie merken, dass ich draußen war. Wenn ich zwei Stunden weg war, pflege ich irgendwo im Keller aufzutauchen, in der Waschküche zum Beispiel. Oder im Musik- und Gymnastikzimmer.

Man kann die Pflegeheimbewohner als Insassen, man kann

sie aber auch als Schafe bezeichnen. Und die Pflegerinnen sind Hirtenmädchen oder – einige von ihnen – Hirtenhunde. Doch im Pflegeheim sind wir weit weg vom romantischen Bild des flötenspielenden Hirtenmädchens auf paradiesisch grüner Wiese, durch die ein klares Bächlein plätschert. Es sind Hirtinnen, die ihre Lektion in effizienter Marktwirtschaft gezwungenermaßen oder freiwillig gelernt haben. Morgens lassen sie die Schafe aus dem Stall, und diese dürfen auf der eingezäunten Wiese grasen und scheißen. Es wird einzig darauf geachtet, dass sie keine schönen Blümlein oder Salatblätter anknabbern. Natürlich ist das Gras bald weggefressen, und natürlich stapelt sich der Kot bald meterhoch. Aber die Luft ist dennoch frischer als im engen Stall, wohin sie am Abend wieder geführt werden. Und weil die meisten Schafe nicht mehr in der Lage sind, selbständig ins Bett zu kommen, werden sie aus praktischen Gründen bald nach dem Abendessen aus ihren Rollstühlen oder rollenden Liegestühlen auf die Schlafstätte gehievt. Jeden zur gewünschten Zeit ins Bett zu bringen ist schlicht nicht möglich. Und da liegen sie dann und starren an die Decke. Schafe zählen nützt nichts. Die meisten schlafen sowieso nur noch wenige Stunden. Und so sind sie Nacht für Nacht mit ihren mehr oder weniger wirren Gedanken allein, auch wenn sie sich ein Zimmer teilen. Und vielleicht können sie nicht einmal lesen oder fernsehen, weil der Zimmernachbar schlafen will.

Es gibt nichts Traurigeres, als sich um drei Uhr nachts ein Pflegeheim von außen anzuschauen. Erleuchtete Fenster zeugen andernorts von gemütlicher Geselligkeit. Aus den vereinzelt erhellten Pflegeheimfenstern leuchten aber die schlaflose Einsamkeit und Verzweiflung verwirrter Seelen, die nicht begreifen, weshalb sie in ihren letzten Nächten in lieblosen Zellen schmoren. Verschlissenes Menschenmaterial, das seiner Entsorgung harrt. Und dann sind da noch die Pflegerinnen auf Nachtschicht, die mit müden Blicken über die Müllhalde wachen.

43

«Weshalb bist du eigentlich nicht im Militär?», fragt Frau Tüsser Daniel.

«Weil ich den Zivildienst sinnvoller finde», sagt Daniel.

«Und wenn uns jemand angreift? Würdest du uns nicht verteidigen?»

«Ich glaube, das Risiko ist nicht sehr hoch, dass wir bald angegriffen werden, Frau Tüsser.»

«Das kannst du doch nicht wissen. Die internationale Lage ist dermaßen kompliziert. Willst du mir sagen, dass du sicher sein kannst, dass kein Krieg ausbricht?»

«Nein, ich kann mir natürlich nicht ganz sicher sein. Aber ich halte es für sehr unwahrscheinlich.»

«Unwahrscheinlich?», höhnt Frau Tüsser. «Man hielt es auch für unwahrscheinlich, dass der Zweite Weltkrieg ausbrechen würde.»

«DIE RUSSEN KOMMEN!», brüllt Kehr, der hinter Frau Tüsser steht, so laut, dass sie zusammenzuckt und erschrocken versucht, ihren Kopf zu drehen. Daniel nutzt die Ablenkung, um sich aus dem Staub zu machen.

44

Natürlich hat sich das Personal um meine Pflege gekümmert. Doch auch Frau Bruller sah mehrmals täglich nach mir, und Herr Bruller schaute auch immer vorbei, wenn er zu Hause war. Von der ersten Woche weiß ich nichts mehr. Insgesamt lag ich einen ganzen Monat im Bett. Es schien, als müsste ich mich von den Anstrengungen und Entbehrungen der letzten Monate oder sogar der letzten Jahre erholen.

Ich erfuhr bald, was an dem Abend passiert war. Die Brullers waren bei einem Abendspaziergang überfallen worden. Er hatte Gegenwehr geleistet und war in den See gestoßen worden, wo er als Nichtschwimmer beinahe ertrunken wäre.

Bald zeigte sich, dass ich mit ihm, einem recht wohlhabenden Genfer Bauunternehmer, mein persönliches Glück aus dem See gezogen hatte. Der Gerettete wurde zum Retter. Als die Brullers zuerst von mir und auf Nachfrage auch von meinen Verwandten hörten, dass sich diese nicht um meine Pflege kümmern konnten und wollten, war es für sie selbstverständlich, mich in ihrem Haus zu beherbergen, bis ich wieder zu Kräften kam. Nach der langen Bettruhe war ich schwach. Fett hatte ich schon vorher keins auf den Rippen gehabt. Jetzt waren auch die Muskeln geschwunden.

Und es kam noch besser für mich. Das Ehepaar Bruller hatte einen dreißigjährigen Sohn, der als Bankangestellter in Zürich lebte und den sie selten sahen. Die alternden Eltern genossen es, wieder junges Leben in ihrem großen Haus zu haben. Beide beschäftigten sich gern mit mir. Obwohl sie beide gut, Frau Bruller sogar sehr gut, Deutsch sprachen, legten sie Wert darauf, dass ich mein Französisch verbesserte. Wenn ich Fehler machte, korrigierten sie mich geduldig und freundlich. Manchmal brachte ich sie auch zum Lachen, wenn ich ein

Wort verwechselte und dadurch etwas Kurioses sagte. Die Sprache gefiel mir, und ich lernte schnell, wenn es mir auch nie gelang, meinen Akzent komplett auszumerzen.

Als ich mich erholt hatte, bot mir Herr Bruller an, in seinem Unternehmen eine Maurerlehre zu machen. Ich war nicht begeistert. Nach meiner körperlich anstrengenden Handlangerzeit hätte ich eine Ausbildung im Büro vorgezogen. Ich war mehr an geistigen Herausforderungen interessiert. Ich wusste aber, dass meinem Förderer daran lag, mich von der Pike auf in mein Arbeitsleben einsteigen zu lassen. Auch er hatte in Armut begonnen, «commencer en bas de l'échelle», wie er sagte, und das war eine Erfahrung, die ich ebenfalls machen sollte. Ich musste froh sein, überhaupt eine Gelegenheit zu einem geregelten Leben zu erhalten. Außerdem fühlte ich mich bei den Brullers sehr wohl. Ich willigte deshalb ein und begann die harte Arbeit auf der Baustelle.

In meiner Lehrzeit bei Herrn Bruller lernte ich alles, was mit dem Baugeschäft zu tun hat. Ich begann als Handlanger, lernte das Maurerhandwerk und die rauhe Sprache der Bauarbeiter. Mein Patron behandelte mich wie jeden anderen Lehrling. Mit der Zeit übertrug er mir aber erst für Kleinigkeiten, später für größere Aufgaben Verantwortung, und ich musste lernen, mich gegenüber anderen Arbeitern durchzusetzen. Schließlich kam ich doch noch ins Büro und wurde in die Organisation der Firma eingeführt. Am meisten profitierte ich von Herrn Brullers Beispiel. Ich beobachtete, wie er mit seinen Angestellten umging. Er war ein anständiger Mann, gerecht und ein bisschen weniger streng, als man sich strenge und gerechte Männer vorstellt. Dennoch wurde er von seinen Arbeitern respektiert und verehrt. Männer wie Herr Bruller sind mir in meinem Leben nur zwei- oder dreimal begegnet. Ehrlich und mit Rückgrat. Er war ein moralisches und arbeitsmoralisches

Vorbild, stets in Eile, stets beschäftigt und fand doch immer Zeit, sich die Probleme seiner Arbeiter anzuhören. Wenn nicht im Augenblick, dann nach Feierabend oder am nächsten Morgen. Später, als ich mein eigenes Baugeschäft hatte, versuchte ich es wie er zu führen.

45

Auf der Demenzabteilung schiebt eine Pflegerin einen Wagen vor sich her mit zwei übereinanderliegenden Abstellflächen, auf denen Putzmittel und Mineralwasserflaschen stehen. Herr Kernter geht ihr hinterher. Sie klopft an eine Zimmertür, öffnet, schiebt den Wagen ins Zimmer. Herr Kernter folgt ihr und schaut zu, wie sie den Nachttisch saubermacht. Sie stellt die fast leere Wasserflasche vom Nachttisch aufs untere Regal ihres Wagens und ersetzt sie durch eine volle. Dann geht sie ins Badezimmer und räumt Medikamente, Zahnbürste und Zahnpasta, einen elektrischen Rasierapparat, und was sonst noch herumsteht, aus dem Spiegelschrank, bevor sie alle Regale mit einem feuchten Lappen abwischt. Die leere Gebissschachtel spült sie unter fließendem Wasser aus. Dann verlässt sie das Zimmer und geht ins nächste. Herr Kernter geht mit. Er folgt ihr vom einen Ende des Gangs bis zum anderen. Je näher sie den hintersten Zimmern kommen, desto deutlicher hören sie die Stimme. Eine heisere, hohe Stimme, die heult und klagt.

Die Pflegerin steht vor dem letzten Zimmer und klopft an die Tür. Die Stimme verstummt. Sie öffnet die Tür und tritt ein. Herr Kernter will ihr folgen, doch sie versperrt ihm den Weg. «Sie müssen draußen warten, Herr Kernter», sagt sie und schließt die Tür hinter sich.

46

Während meiner Zeit in Genf absolvierte ich die Rekrutenschule. Es war nicht einfach für mich, als Deutschschweizer in der Westschweiz. Deutschschweizer standen im Ruf, mit Deutschland zu sympathisieren, während die Westschweiz es mit Frankreich hielt. Aber ich war es gewohnt, mich als Außenseiter durchzuboxen. Schon bald erging es mir ähnlich wie damals in der Schule. Mit den Kameraden kam ich gut aus, den Vorgesetzten hingegen gefielen wieder mein Maul und mein Verhalten nicht. Ich habe viele Toiletten geschrubbt. Aber sie brachen meine Aufmüpfigkeit schließlich mit Kollektivstrafen. Meine Rache erfolgte erst im Jahr 1989, als ich mich zu den 35,6 Prozent gesellte, die für die Armeeabschaffung stimmten.

Fünf Jahre blieb ich bei dem Ehepaar Bruller. Sie wurden mir zu geliebten Ersatzeltern. Frau Bruller freute sich über meine Leselust, die ich nun endlich befriedigen konnte, ohne dafür Schläge einzustecken. Es war überhaupt das erste Mal in meinem Leben, abgesehen von den taumelnden Mahnreden meines Vaters, dass meine Interessen gefördert wurden und man mich zum Lernen ermutigte. Mir wurde klar, was für ein intellektuell ödes Klima im Haus des Onkels geherrscht hatte.

Frau Bruller versorgte mich mit Büchern. Sie hatte eine Vorliebe für deutsche Autoren, und als sie fand, mein Französisch sei gut genug, gab sie mir auch solche zu lesen und bat mich, ihr manche Wörter zu übersetzen, wobei ich meist mehr lernte als sie.

Beim Lesen fing ich wieder an zu träumen. Die Romane und Erzählungen beflügelten meine Phantasie und entfachten erneut die Sehnsucht nach dem Ausland. So gut es mir bei meinen Förderern gefiel, ich wollte nicht bleiben, mich nicht binden. Nach fünf Jahren verabschiedete ich mich deshalb. Ich plante, noch ein bis zwei Jahre in der Deutschschweiz zu arbeiten und zu sparen, um mir die geträumten Reisen zu finanzieren. Doch es sollte anders kommen. Ich fand eine Stelle bei einer Baufirma am Zürichsee. Und in dem Städtchen, wo ich wohnte, lernte ich Annemarie Zeller kennen. Ich ahnte nicht, wie viel Gram mir aus der Bekanntschaft mit der hübschen Annemarie Zeller entstehen sollte.

47

Ich weiß nicht, ob ich dir je von meiner Tante Elisabeth erzählt habe, Sophie. Es ist keine schöne Geschichte. Andererseits keine ungewöhnliche Geschichte, jedenfalls nicht für die Zeiten damals. Ich habe Elisabeth nie kennengelernt. Sie starb, ein Jahr bevor der letzte Schweizer Bär geschossen und ich geboren wurde. Wer weiß. Vielleicht kamen sie und der Bär sogar durch denselben Gewehrtyp zu ihrem Ende. Durch ein Schmidt-Rubin-Repetiergewehr. Wahrscheinlich ballerten einige der Bärenjäger mit ihren Armeewaffen auf die armen Viecher. Elisabeth schoss sich mit der Dienstwaffe ihres Bruders, meines Onkels Alfred, in den Kopf. Während die Bärenjäger wohl oft doppelt sahen und höchstens zur Hälfte trafen, wenn sie schossen, weil sie besoffen waren, war Elisabeth nüchtern, sah klar und traf doppelt. Sich und ihr Ungeborenes. Es war nicht leicht, so ein Gewehr zu laden, man musste kräftig ziehen und stoßen. Das hat Onkel Alfred mir erzählt. Und er sagte es immer mit deutlichem Stolz und Zuneigung für seine kräftige, selbstmörderische Schwester. Und das, obwohl sie sich doppelt versündigt und der Familie doppelte Schande gebracht hatte.

Viel lieber wäre ich nach dem Tod meiner Eltern zu Alfred

gezogen. Aber das ging nicht. Alleinstehender Bauer, hatte alle Hände voll zu tun. Die Flasche – nicht wie mein Vater, aber doch ordentlich, so erzählte es der Herr Gemahl der leiblichen Tante und Rabenziehmutter genüsslich – stets griffbereit. Vielleicht war es ihm dann auch ein Genuss, dem widerwilligen Rabenstiefziehvater, als Alfred sich aufknüpfte.

Vielleicht hatte Alfreds Ende doch mehr mit Elisabeths Selbstmord zu tun, als man ahnte, wenn man bedenkt, dass er dem Beispiel seiner Schwester erst fünfzehn Jahre nach ihrem Tod folgte. Das Schmidt-Rubin-Repetiergewehr war ihm als Selbstmordwerkzeug aber offensichtlich verleidet. Obwohl es noch immer prominent in seinem eichengetäfelten Wohn- und Esszimmer über dem großen Holzesstisch an der Wand hing, während er schon im Stall baumelte. Ein makabres Memento mori, ein Memento mortis voluntariae, das er nach Elisabeths Tod dort installiert und das ihn vielleicht beim einsamen Abendmahl auf dumme Gedanken gebracht hatte.

Elisabeth war schwanger. Der Übeltäter unbekannt, über alle Berge oder im Nachbarhaus, man wusste es nicht, sie schwieg eisern. Vorehelicher Geschlechtsverkehr. Es ginge ja, wenn die Frau schlau genug gewesen wäre, nicht schwanger zu werden. Aber so? So hatte sie alle Schmach verdient, die ein kleines, idyllisches Schweizerdörfchen aufbringen konnte. Schimpf und Schande. Ach, hätte doch ein Pranger auf dem Dorfplatz gestanden. Die schönen alten Traditionen, dahin. Aber man fand Mittel und Wege, den Pranger wettzumachen. Man spuckte und zischte und beschimpfte ein bisschen. Man tuschelte und lästerte und kicherte und zeigte mit dem Finger. Man verstand es wohl, schadenfroh zu sein, dass es schön warm ums Herz wurde. Sie hatte es ja wirklich nicht anders verdient.

Es war natürlich mittelfristig eine Enttäuschung, als sie Alfreds Schmidt-Rubin-Repetiergewehr nahm und sich ihr Hirn an die Zimmerdecke hinaufschoss. Wo sollte man jetzt hinspucken? Aber zuerst freute man sich sicher gebührend. Lässt sich schwängern und schießt sich anschließend mit Alfreds Schmidt-Rubin-Repetiergewehr das Hirn hinauf und die Seele in die Hölle hinab. Aber immerhin, eine tolle Geschichte für ein Schweizer Dörfchen. Sie würde ja heute noch etwas hergeben, wo das Schmidt-Rubin-Repetiergewehr als Dienstwaffe längst von unzähligen Nachfolgegewehren abgelöst wurde.

Du siehst, Sophie: In unserer Familie wurde immer viel gestorben, und vielleicht ist mein hohes Alter als Kompensation gedacht. Aber keine Sorge. Das war im letzten Jahrtausend. Heute gibt es alleinerziehende Mütter, und wer bei Trost ist, bewundert sie. Und trotzdem würde ich beten, dass du keine alleinerziehende Mutter werden musst, wenn ich beten würde.

48

Um als scheindementer Patient hier in Ruhe gelassen zu werden, muss man sich im Pflegeheimkosmos auskennen. Man muss ihn studiert, mit dem Interesse eines Wissenschaftlers examiniert haben, ohne ein Detail zu übersehen, wenn man freiwillig als Hochstapler in ihn eintauchen und nicht jämmerlich darin untergehen will.

Wer Demenz vortäuscht, darf sich keinen Fehler leisten. Es wäre absolut fatal, mit der falschen Demenz identifiziert zu werden. Altersdemenz kann sich bei Patienten ganz unterschiedlich äußern, und das ist der kleine Vorteil, der mir hie und da ein bisschen Luft verschafft. Doch das große Problem liegt darin, dass bei der Demenz trotz oder gerade wegen ihrer unendlichen Vielfalt nur wenige Untergruppen unterschieden werden. Im Pflegepersonalbüro sind nur wenige Schubladen für die Demenzkranken reserviert, und man muss unheimlich aufpassen, dass man nicht in der falschen Schublade landet. Denn wer einmal darin verschwindet, der wird so schnell nicht wieder herausgezogen.

Natürlich ist die Unterscheidung dieser Demententypen nicht wissenschaftlich. Sie wird vom Pflegepersonal gemacht. Und die sind, die meisten von ihnen, tröstende Engel, manche Folterknechte, aber keine Wissenschaftler.

Der erste Typ Demenzler, das sind die komplett zerstörten Geister. Ich nenne sie Schalenmenschen. Wenn ich sie anschaue, dann stelle ich mir manchmal vor, wie es wohl aussehen würde, wenn man durch ihre erloschenen Augen wie durch ein Fernglas hindurch in das Innere ihrer Schädel blicken könnte. Ich sehe keine schönen Bilder. Ich sehe verrottete Überreste eines Gehirns, von der Zersetzung übriggelassene, nicht vollständig zerfressene Hirnstückchen, schwarz, vermodert und von grünlich flackernden Fäulnisgasen umspielt. Was übrig bleibt, sind Instinkte, so tief verankert, dass die Macht der Zersetzung nicht ausreicht, die Ankerleinen zu kappen. Schalenmenschen sind still und sitzen. Doch plötzlich erheben sie sich. Sie erheben sich mit einer Entschlossenheit, wie sie bei gesunden Menschen nicht vorkommt. Kein gesunder Mensch erhebt sich mit einer auch nur im Entferntesten an die Entschlossenheit der Schalenmenschen heranreichenden Entschlossenheit. Auch der stärkste gesunde Wille verblasst, wenn er mit dem Willen eines Schalenmenschen verglichen wird, dem seine Instinkte etwas in den Kopf gesetzt haben. Sie sind die letzte Bastion des Geistes, von fürchterlicher Kraft. Diese Kraft verdanken sie dem Tod jenes großen, aber schwächlichen Teil des Geistes, der edler ist als die primitiven Urinstinkte, die auch in einer komplett verödeten Wüste noch etwas Nahrung finden, um sich ihr erbärmliches Leben zu erhalten.

Die Handlungen der Schalenmenschen sind ziellos. Ihre Körper sind leblose Puppen, von besonders einfallslosen Puppenspielern zum Tanz gezwungen. Wenn sie sich also erheben, wenn sie den Befehl erhalten haben aufzustehen, dann lassen sie sich von nichts, nicht von schmerzenden Knien, nicht von Beinen, denen die Kraft fehlt, den Körper zu tragen, nicht von drei Pflegerinnen mit ihren beschwichtigenden, zum Sitzenbleiben ratenden, ermunternden, auffordernden und befehlenden Stimmen aufhalten. Sie stehen auf, und dann stehen sie, denn zu stehen wurde ihnen befohlen, nur zu stehen, nichts weiter, und deshalb stehen sie und bleiben stehen, und die Pflegerinnen fragen sich, weshalb sie stehen, und die anderen Insassen fragen sich, warum sie stehen, und nur sie selbst hinterfragen ihr Stehen nicht, wie könnten sie, nein, sie stehen, bis den Instinkten das Stehen langweilig wird, bis die Instinkte vergessen haben, warum sie stehen wollten, und dann tun die Schalenmenschen wieder, was ihnen die Pflegerinnen dirigieren, die in die Bresche springen, sobald die Instinkte die Zügel sinken lassen, um sich ein bisschen auszuruhen.

49

«Sehen Sie es?», fragt die Bewohnerin, die neben Herrn Kehr am Tisch sitzt.

«Ja, ich sehe es», sagt er. «Das Schiff.»

Zwei Pflegerinnen stehen im Flur und werfen einem der Bewohner einen Stoffball zu, der ihn auffängt, Grimassen schneidet und den Ball dann manchmal wieder zurückwirft oder ihn in den Händen hält, anschaut und betastet, die Rufe der Frauen ignoriert, bis eine Pflegerin kommt, ihm den Ball wieder wegnimmt und von neuem zuwirft.

«Sehen Sie?», fragt die Frau wieder. «Die sind da oben … und oben und unten … Das haben wir früher auch gemacht. Zu Hause … Sehen Sie?»

«Ja, ich sehe es. Ich sehe das schon. Da drüben. Es ist ja dunkel … Nein, nicht dunkel.»

«Verrückte Vögel», sagt die Frau und entblößt lachend das Schlachtfeld ihrer Zähne.

50

Vor dem Gram bescherte mir mein Annemariechen die süßesten Erinnerungen, die noch heute in meinem einundneunzigjährigen Gehirn lagern und die mir, wenn ich sie hervornehme, um mit ihnen zu spielen, um sie mir wie einen fruchtigen, frischen Wein über meine alte Zunge fließen zu lassen, mein faltiges Gesicht zu einem Lächeln verziehen, dass es ein wahrhaft fürchterlicher Anblick sein muss.

Es sind die Erinnerungen an die entzückendste Phase der Liebe, ans erst heimliche und dann verheimlichte Verliebtsein und die damit verbundenen Qualen, ans Hoffen, an die winzigen, kostbaren Freuden, wenn ich einen Blick, vielleicht gar ein Lächeln erhaschte, und an die schreckliche Enttäuschung, wenn Annemarie für einmal nicht dort war, wo ich sie zu treffen hoffte.

Ich war erst vor kurzem ins Städtchen gezogen und kannte noch fast niemanden. Als Zugezogener hatte man es nicht leicht. Es war kurz vor Weihnachten, und ich machte einen Spaziergang am See. Am Ende des Hafens war ein Zelt aufgestellt, Feuer brannten in Eisenschalen, um die Kinder zu wärmen, die dick eingepackt auf Bänken saßen. Vorne, auf einem Stuhl, der auf einem niedrigen Podest stand, saß eine junge

Frau und las den Kindern Geschichten vor. Ich setzte mich auf die hinterste Bank. Eine neue Geschichte fing gerade an, und ich erkannte sie sofort. «Es war einmal ein kleines Mädchen, dem war Vater und Mutter gestorben, und es war so arm, dass es kein Kämmerchen mehr hatte, darin zu wohnen, und kein Bettchen mehr hatte, darin zu schlafen, und endlich gar nichts mehr als die Kleider auf dem Leib und ein Stückchen Brot in der Hand, das ihm ein mitleidiges Herz geschenkt hatte.» Annemarie, ich würde ihren Namen bald erfahren, las Grimms *Sterntaler*. Meine Mutter hatte mir diese Geschichte vorgelesen. Annemarie las langsam und deutlich, und sie las so, dass den Kindern Tränen in die Augen stiegen, als sie von der Gutherzigkeit und Armut des Mädchens hörten. Von diesem kleinen Waisenkind, das nichts hatte und alles weggab, bis zum letzten Hemd. Und dann, als sie nackt im Wald zu erfrieren drohte, da erbarmte sich der liebe Gott und ließ die Sterne auf die Erde hinunterregnen. Das Mädchen aber, das wundersamerweise ein neues Leibchen auf dem Leib hatte, sammelte sie ein und war reich bis ans Ende seiner Tage.

Als Annemarie während des Lesens einmal aufblickte, sah sie mich in der hintersten Reihe sitzen, und sie lächelte mich für einen Augenblick an. Als die Geschichte fertig war, zerstreuten sich die Kinder mit ihren Eltern. Ich stellte mich an eine der Feuerschalen, um mich für den Heimweg aufzuwärmen. Und plötzlich stand die hübsche, junge Leserin neben mir und wünschte mir mit einer Selbstverständlichkeit einen guten Abend, die für junge Frauen damals ungewöhnlich war. Sie fragte mich, ob mir die Geschichte gefallen hätte. «Ja», sagte ich, «ich kannte sie schon. Meine Mutter hat sie mir früher vorgelesen.» Ich bedankte mich und lobte ihren Auftritt. Ich sagte ihr aber auch, dass ich mit dem Ende der Geschichte Mühe hätte. Genau genommen damit, dass Geld im Überfluss als einzige Voraussetzung für ein glückliches Leben galt. Außerdem, dass ich mich fragte, ob es von Gott verhältnismäßig sei, für das Wohl des kleinen Mädchens den Himmel seiner nächtlichen Sternenpracht zu berauben. Annemarie lachte und sagte, sie hätte sich immer gefragt, ob die fallenden blanken Taler das Mädchen nicht verletzt hätten, als sie vom Himmel auf sie herabfielen. Und dann verabschiedeten wir uns, und ich ging verliebt nach Hause.

51

«Und was ist die Hauptstadt des Kantons Sankt Gallen?», fragt die Frau aus der Aktivierung.

«Sankt Gallen», antwortet Frau Fischer schnell.

«Richtig, Sankt Gallen.»

«Sankt Gallen?», fragt Herr Müller.

«Genau, Herr Müller, sehr gut», sagt der Zivildienstler, der auch im Kreis sitzt.

«Das habe ich ja gerade gesagt», sagt Frau Fischer. «Ich habe es zuerst gesagt.»

Ihr Mann nickt.

«Kann mir jemand sagen, was die Hauptstadt von Graubünden ist?», fragt jetzt der Zivildienstler. Niemand antwortet. «Graubünden», sagt der Zivildienstler noch einmal. «Die haben einen Steinbock im Kantonswappen. Es ist eine Stadt mitten in den Bergen.»

«Graubünden», sagt Herr Müller.

«Nein, sicher nicht», sagt Frau Fischer schnippisch.

«So heißt der Kanton, Herr Müller», sagt der Zivildienstler. «Die Stadt heißt anders. Aber es war eine gute Idee.»

«Luca, könntest du bitte schnell bei Herrn Konrad vorbeischauen? Ich glaube, die Pflegerinnen sind gerade alle beschäftigt.»

Jetzt hört Zivildienstler Luca die heisere, jaulende Stimme auch. Er steht einige Sekunden vor der hintersten Tür im Gang, bevor er anklopft und eintritt.

52

Bei den Schalenmenschen kann man zwei Gattungen unterscheiden. Die Stummen und die Nie-Verstummenden. Von den einen hört man gar nichts oder höchstens einmal ein paar einzelne Worte oder Geräusche. Die anderen aber sind wie Radiogeräte bei schlechtem Empfang. Sie rauschen ununterbrochen, vielleicht erkennt man einmal ein Wort, meist ist der Redeschwall aber unverständlich. Ein pausenloses Glucksen und Gurgeln, ein sinn- und zusammenhangloses Plätschern. Monoton, wirr, einschläfernd oder nervtötend. Ihre Münder sind Wortfälle. Laute stürzen daraus hervor und ergießen sich in einen See, der die nie verstummenden Schalenmenschen umgibt, sie zu Inseln macht, zum einzigen Stück trockenem Land im Umkreis dieses Sees, zu Felsbrocken, die in ihrer unerschütterlichen Dumpfheit taub sind gegen das Rauschen der Wellen. Und wer sich ihnen nähern will, der muss diesen Geräuschsee durchschwimmen.

Die zweite Gruppe neben den Schalenmenschen sind die Ausbrecher. Sie werden angetrieben vom ständigen Drang, das Heim zu verlassen und irgendwo hinzugehen. Nach Hause vielleicht, oder zu einem Treffen, das vor Jahren oder Jahrzehnten stattgefunden hat und immer noch im Kopf herumgeistert. Die Ausbrecher sind für die Pflegerinnen die schwierigsten Fälle. Sie fragen nach einem Telefon, um Verwandte oder

Bekannte anzurufen. Sie drohen mit der Polizei. Sie lehnen den Kaffee oder das Abendessen oder den Gang auf die Toilette ab, weil sie keine Zeit haben, wie sie sagen. Sie bitten die Pflegerinnen oder Angehörige anderer Insassen, ihnen die Tür zu öffnen, ihnen zu erklären, wie man den Lift bedient, der mit dem Code gesichert ist. «Wo ist der Bahnhof?», fragen sie. «Wo ist der Ausgang?», wollen sie wissen. «Weshalb sperren Sie uns ein?», klagen sie. «Komm, wir gehen», sagen sie zueinander. «Ja, gehen wir», sagen sie. Und ihre Worte hallen durch die weiten Flure, über die Linoleumböden hinweg, an den Zimmertüren vorbei, die mit Nummern und Insassennamen markiert sind und Spalier stehen. Die Worte hallen in Richtung der Fenster, auf denen sie aufschlagen. Vor den Pflegeheimfenstern stapeln sich die Wünsche und Hoffnungen der Ausbrecher, mit gebrochenem Genick liegen sie da. Und wer sich vor ein Pflegeheimfenster stellt, der steckt bis zu den Knien in den zerschmetterten Sehnsüchten der verzweifelten Ausbrecher.

Ein Ausbrecher resigniert nie. Bis er zum Schalenmenschen wird.

53

Herr Müller steht hinter der Eingangstür zur Demenzabteilung. Er versucht, sie zu öffnen. Er zieht angestrengt. Seine rechte Hand, die auf der Türklinke liegt, zittert. Er nimmt die andere Hand dazu und zieht mit doppelter Kraft. Dann versucht er es mit Drücken. Die Tür lässt sich nicht bewegen. Herr Müller hält inne. Er sieht die Zahlentastatur neben dem Türgriff. Mit zitterndem Finger drückt er auf Tasten. Jetzt schreiten zwei Pflegerinnen schwatzend die Treppe hoch auf dem Weg in den zweiten Stock. Herr Müller sieht sie. Er beobachtet mit weit aufgerissenen Augen, wie sie langsam näher kommen. Als sie auf der zweitobersten Stufe anlangen, klopft er gegen die Glastür. Eine der Pflegerinnen wirft einen flüchtigen Blick zu ihm hin. Die andere sieht ihn nicht. Sie gehen vorbei und nehmen die nächste Treppe. Jetzt sieht er ihre Rücken. Nach zwölf Schritten sind sie weg. Er schaut noch eine halbe Minute dorthin, wo sie verschwunden sind. Dann wendet er seinen Blick ab und versucht, die Tür zu öffnen. Mit zwei zittrigen Händen zieht er. Die Tür lässt sich nicht öffnen. Er versucht zu stoßen. Er sieht die Tastatur neben dem Türgriff. Mit zitterndem Finger drückt er auf Tasten.

54

Ich traf Annemarie wieder. Im Städtchen kreuzten sich unsere Wege regelmäßig. Wir grüßten uns, unterhielten uns, merkten, dass wir uns gut verstanden und gern begegneten.

Es folgten heimliche Rendezvous, erst spontan, wenn wir uns zufällig trafen, dann geplant, und die Geheimniskrämerei steigerte unsere wachsende Verliebtheit über die Monate zur qualvollen Lust. Wir wollten uns nicht mehr verstecken. Aber das war nicht so einfach. Annemarie entstammte einer angesehenen, alteingesessenen Textilunternehmerfamilie. Ich war als Vorarbeiter beschäftigt und verdiente zwar meinen Lebensunterhalt, doch wir machten uns keine Illusionen. Ein elternloser Bauarbeiter konnte ihren standesbewussten Eltern nicht genügen. Wir waren beide katholisch. Aber inzwischen hatte sich in der Schweiz ein neuer Graben aufgetan. Die Gewerkschaften und Arbeiter forderten lautstark und erfolgreich mehr Rechte. Gerade die Textilindustrie litt nach dem Krieg aber an der sinkenden Nachfrage aus dem Ausland. Annemaries Vater engagierte sich in der Politik. Und die Arbeiterschaft war in diesem Kampf auf der Gegnerseite. Ich interessierte mich damals zwar wenig für Politik, doch wenn ich ihren Vater zufällig beim Spaziergang durchs Städtchen erblickte, seinen stattlichen Bauch in den Wind gerückt, von der goldenen Uhrkette wie von einem wohlverdienten Orden geziert, verliehen für den ehrenvollen Stammbaum und die fleißige Arbeit, dann zerschellten meine Hoffnungen an ebendiesem Bauch, der den Generalstreik unbeschadet überstanden hatte. Für die Ideen der Sozialdemokraten und Gewerkschaften begann ich mich erst nach meinem Gespräch mit Annemaries Vater zu interessieren. Obschon ich in Genf gesehen hatte, dass nicht alle wohlhabenden Unternehmer die bösartigen Zecken waren, als die sie von den Radikalen dargestellt wurden.

Ich arbeitete und sparte, und nach fünfzehn Monaten der enttäuschend keuschen Heimlichtuerei, mit einem äußerst bescheidenen Vermögen im Rücken und einem neuen Anzug am Leib, besuchte ich Annemaries Vater und bat ihn, mit ihm über seine Tochter reden zu dürfen. Zu meiner Überraschung wurde ich ins Haus gebeten. Zu meiner Freude bat mich der Vater ins Esszimmer, wo er mir sogar einen Stuhl zuwies und etwas zu trinken anbot. Wir redeten. Und dann, als er mich zur Tür geleitete, riet er mir, mich nach einer anderen Braut umzusehen. Eine, die besser zu mir passen würde.

55

Sophie liebt Robert, Robert liebt Sophie. Das macht es nicht einfach. Aber es macht es einfacher, denke ich. Ich erinnere mich an die Zeit, als du Robert kennenlerntest. Du hast mir von ihm erzählt. Aber zurückhaltender und vorsichtiger als früher. Du hast untertrieben. Dachtest du, du könntest mir etwas vormachen? Ich merkte sofort, dass es dir ernst war. Ich merkte, dass du deshalb nicht schwärmtest, weil du keine naive Schwärmerin sein wolltest. Weder vor dir selber noch vor sonst jemandem. Weil du dich ermahnt hast, vorsichtig zu sein, dich nicht Hals über Kopf und kopflos zu verlieben und dann Schaden zu nehmen, in einem Alter, in dem man vorsichtig geworden ist. Es dauerte lange, bis du mir den Neuen vorgestellt hast. Denn das war dir immer wichtig, dass ich deine Freunde kennenlernte. Und sie mich.

Als du mir Robert vorgestellt hast, verstand ich dich. Und ich merke heute, wenn du mich besuchst und mir von euch erzählst, dass du ihn immer noch liebst.

Es ist gut, dass man sich heute Zeit nehmen kann. Doch in der unendlichen Auswahl sehe ich auch Probleme. Es ist eine landesweite, sogar eine globalisierte Auswahl. Es besteht die Gefahr, dass man den Überblick verliert. Man kann sich in der unbegrenzten Verfügbarkeit, in der grenzenlosen Verlockung verlieren. Ich mag ihn, ich liebe sie. Aber kann ich sicher sein, dass ich niemand anderen noch mehr lieben würde? Ewig?

Du bist klug, Sophie. Und Robert scheint es auch zu sein. Ein charmanter, verlässlicher junger Mann. Du ahnst nicht, wie glücklich mich das macht. Zu wissen, dass nach Paul und mir Robert da ist, auf den du dich verlassen kannst. Auf den du dich hoffentlich verlassen kannst.

56

Annemarie wollte mit mir durchbrennen. Aber ich lehnte ab. Ich konnte es nicht. Ich litt, wie ich noch nie gelitten hatte. Monatelang erwachte ich mit Annemaries Namen im Ohr und ihrem Gesicht vor Augen, und alle Freude, die der Tag hätte bringen können, war schon am frühen Morgen vernichtet. Ich überlegte mir wegzuziehen. Aber ich blieb. Wenn wir uns begegneten, gingen wir einander aus dem Weg. Es war für beide zu schmerzhaft. Und dennoch war der Gedanke an eine gemeinsame Flucht nur eine Schwärmerei, ein Hirngespinst.

Die Zurückweisung ihres Vaters hatte mich gedemütigt. Es gab Kreise, zu denen ich keinen Zutritt erlangen konnte, Dinge, die bei allem Fleiß unerreichbar blieben. Die Tochter des Textilfabrikanten beispielsweise.

Ich versuchte Annemarie zu vergessen. Es wurde mit der Zeit einfacher. Irgendwann konnte ich sie wiedersehen, ohne zu leiden. Und irgendwann war sie dann weg. Verschwunden. Verheiratet. Irgendwo, mit irgendwem.

Anfänglich hatte ich noch geglaubt, mir die Anerkennung der stolzen Eltern doch noch erarbeiten zu können und Annemarie auf dem ehrlichen Weg zu erobern. Ich schuftete noch härter, lebte noch sparsamer und gründete bald mein eigenes Geschäft, welches die wirtschaftlichen und politischen Wirren der Zwischenkriegszeit sogar überstand, wenn es auch erst nach dem Zweiten Weltkrieg richtig in Schwung kam. Zu einer Zeit, als Annemarie und auch ich bereits verheiratet waren und Kinder hatten.

Ich habe Annemarie nie vergessen. Auch nicht die leidenschaftliche, schwärmerische, lodernde Liebe, die ich empfunden habe.

57

Teatime. Teezeit. Es ist immer Teezeit im Pflegeheim. Daniel kocht ihn. Oder Frau Feller oder Frau Matic. Manchmal auch Putzengel Marie, wenn die anderen gerade damit beschäftigt sind, eine vollgeschissene Hose zu wechseln. «Tee?» Ja, Tee. Immer Tee. Nur Tee. Auch Wasser, klar. Aber hauptsächlich Tee, Tee in jedes leere Glas, in jedes halbleere Glas. Halbvolle wie halbleere Teegläser sind hier immer halb leer, da kann man noch so sehr Optimist sein. Und halbleere Teegläser gehören aufgefüllt. Tee ist gut. Tee ist gesund. Und das brauchen die Alten, die Sterbenden.

Dehydration ist ein großes Problem. Drum auf die Mäuler, rein mit dem Tee. Es wird gezittert und verschüttet. Auf den Tisch, aufs Hemd, die Hose, den Boden, die Stühle, die Sessel.

Nur der Zimp kriegt sein Alkoholfreies. Das sagt man ihm aber nicht. Dass es alkoholfrei ist. Er kann es auch nicht mehr lesen, da es nur kleingedruckt auf der Flasche steht. Kein, fast kein Alkohol. Ein bisschen Restalkohol für den Restalkoholiker, für den Nostalgiealkoholiker. Er kriegt am Nachmittag sein Alkoholfreies. Die Pflegerinnen stellen ihm die Flasche auf den Tisch, schenken vom halben Liter die Hälfte ein. Daniel schenkt es ihm in der Küche ein und serviert das Glas. Wenn es leer getrunken ist, geht er in die Küche und schenkt nach. Keine Alkoholfreiflasche auf den Tisch, denkt er. Dem Nostalgiker das Schwelgen noch etwas versüßen. Obwohl er das Etikett doch gar nicht mehr entziffern kann.

Auf Wiedersehen, Laster, auf Wiedersehen, Genuss, auf Wiedersehen, größere und kleinere Freuden. Es gibt jetzt Tee. Tee und Physiotherapie und Gedächtnistraining. Hätte man gelebt, wie man jetzt lebt, gegessen, was man jetzt isst, Tee getrunken, dass man meint, man müsste vierundzwanzig Stunden lang reinen Tee pissen, dann wäre man jetzt nicht hier. Dann würde man gerade einen Marathon laufen. Dann wäre man auf dem Kilimandscharo, würde von der Spitze des Mount Everest hinunterwinken, auf dem Grund des Mariannengrabens Muscheln sammeln. Ohne Sauerstoffgerät. Einfach so, in der Badehose.

Jetzt, wo es zu Ende geht, wo es keiner mehr erwarten kann, dass es endlich zu Ende geht, keiner außer die Fischers mit ihrem «Uns geht es gut hier, nicht wahr? Ja, es geht uns gut», jetzt wird der Körper gehegt und gepflegt, als wäre er eben erst dem Mutterleib entschlüpft.

Ja, man umsorgt uns wie Neugeborene. Man hätschelt uns. Schön, nicht? Es ist ja auch schön, wenn altgediente Ackergäule nicht totgeschossen und verbrannt werden, wenn sie das Gnadenbrot auf dem Gnadenhof erhalten, obwohl sie nichts mehr nützen, nicht wahr? Man ist tierlieb. Ein Leben lang auf dem Acker geschuftet. Doch jetzt die Pension genießen, der gute alte Gaul, die Arthrosestute. Da leuchten die Kinderaugen, wenn sie erfahren, dass die Tierchen ihre letzten Tage genießen dürfen. Ohne Sattel, Zaumzeug, Pflug.

Bei unserem Anblick leuchten die Kinderaugen selten, wenn die Kinder mal ins Heim kommen, um unter gierigen Gnadenbrotmenschenaugen ein bisschen zu malen. Wenn man eine Schulklasse ins Pflegeheim dirigiert, damit wir Alten mal wieder sehen, dass nicht die ganze Welt kurz vor dem Abkratzen ist. Dass haltbare Wesen bereits produziert wurden, welche dem ewigen menschlichen Gekrieche die Stange halten werden, wenn wir in ein oder zwei Tagen, wenn wir, so der Teufel will, in ein oder zwei Jahren erst von der Stange fallen. Und sie sind ja tatsächlich süß. Da freue auch ich mich, wenn sie lachen und schreien und brüllen, die Kleinen. Und sollten sie Durst kriegen: Tee gibt's genug.

58

Meine Tochter Franziska war kein Fronturlaubskind, weil ich während des Zweiten Weltkriegs schon zu alt war für den Militärdienst. Dennoch ist sie ein Kriegskind. Sie kam 1944 zur Welt, Paul 1949.

Ich heiratete Ursula, weil sie von mir schwanger war. Sie war zwei Jahre jünger als ich. Wir waren aber beide eigentlich zu alt, um Junggesellen zu sein. Nach einem Tanzabend waren wir angeheitert, und sie kam zu mir nach Hause. Sie äußerte ihre Furcht vor einer Schwangerschaft. Ich versprach ihr, sie zu heiraten, falls sie tatsächlich schwanger würde. Ich war dem Gedanken sowieso nicht abgeneigt. Es gab gute Gründe für eine Heirat. Ich hatte nur einen Angestellten. Wir hatten viel zu tun, auch wenn der große Aufschwung der Nachkriegszeit erst bevorstand. Ich konnte im Büro Hilfe gebrauchen. Ursula führte im Geschäft ihres Vaters die Bücher und hatte Erfahrung. Und auch mit dem Haushalt mühte ich mich ungern allein ab.

Doch es waren nicht ausschließlich praktische Gründe. Ich kannte Ursula nicht sehr gut, so gut, wie man sich in einem kleinen Städtchen eben kennt, wenn man ungefähr im selben Alter ist. Doch sie war mir sympathisch, und sie sah gut aus, wenn sie auch von gröberer Schönheit war als Annemarie. Die ängstliche Fürsorglichkeit, mit der sie später unsere Kinder behandelte, passte nicht zu ihrem Aussehen. Ich war nicht in Ursula verliebt, aber das war mir recht. Seit Annemarie hatte sich meine Beziehung zur romantischen Liebe abgekühlt.

Ursulas gutmütigen Eltern erzählten wir erst von der Schwangerschaft, als wir schon geheiratet hatten. Ihr Vater war Schuhmacher und glücklicherweise etwas taub, so dass er manches nicht mitbekam, was geredet wurde.

Natürlich schwatzten die Leute, und viele trafen mit ihren Vermutungen über den Hauptgrund unserer Heirat ins Schwarze. Aber das Geschwätz ging mir nicht nur deshalb auf die Nerven. Die Leute interessierten sich nur für die empörende uneheliche Zeugung der kleinen Franziska, die im Bauch ihrer Mutter heranwuchs, und ließen die wachsende Zuneigung außer Acht, die Ursula und ich füreinander empfanden. Und außerdem ging es sie einen Scheißdreck an.

Entschuldige meine Wortwahl, Kätzchen, ich habe dich nicht gesehen. Ja, spring auf meinen Schoß und leg dich hin. Sieh mal, überall Katzenhaare auf meinem Sessel. Da muss ich lachen! Du kannst froh sein, dass Ursula nicht hier mit mir wohnt. Sie hätte mit dir geschimpft, wenn sie immer deine Haare hätte vom Sessel wischen müssen. Mir macht das nichts aus, und den Pflegerinnen offenbar auch nicht.

Ja, sie konnte wunderbar schimpfen, auch wenn sie das zu selten tat. Damals hätte sie jedenfalls genug Grund gehabt. Hitler hatte einen neuen Weltkrieg angezettelt. Ich hasste den wütenden kleinen Österreicher und seine NSDAP seit ihrem Blutschutzgesetz, das Mischehen und Geschlechtsverkehr zwischen Juden und Nichtjuden verbot.

Und wieder waren wir Schweizer mittendrin. Rundherum Wehrmacht und Faschisten. Und die Schweiz leistete entschlossen Widerstand, Heimatlieder aus Hunderttausenden Kehlen, Alpaufzüge und Grenzschutz.

Wir wohnten in einem Loch. Eine Zweizimmerwohnung hinter dem Bahnhof. Die Kinder teilten sich das Schlafzimmer, Ursula und ich hatten unser Bett im Wohnzimmer. Im Winter schlief die ganze Familie im Wohnzimmer, wir legten die Matratzen der Kinder vor den Ofen. Es gab nur einen kleinen Holzofen, und ich stand in den Wintermonaten jede Nacht ein paarmal auf, um Holz nachzulegen. Alles Geld, das ich verdiente, floss ins Geschäft.

Und dann hatte die Welt endlich auch Hitler überlebt, und die Schweiz kauerte schon in den Startlöchern, um in vollem Sprint ein Wirtschaftswunder in Angriff zu nehmen.

Von all dem unbeeindruckt, lästerten die Leute weiter. Ich war halt immer noch der Zugezogene. Mit der Zeit änderte sich das Thema. Unsere unehrenhafte Vermählung wurde nur noch hie und da wieder ausgegraben. In den Jahren nach dem Krieg war es bei vielen der Neid, der sie zum Schwatzen brachte.

Überall wurde gebaut. Mit dem Geschäft ging es aufwärts, auch dank der organisierenden Hand meiner Frau. Ich baute ein Mehrfamilienhaus, und die ganze Familie zog im obersten Stock ein. Die Kinder hatten jetzt sogar jedes ein eigenes Zimmer. Sie gingen bald zur Schule, wo Franziska sich durch kontinuierlich gute Leistungen auszeichnete und Paul durch Phantasie und Brillanz in einigen Fächern, in den anderen durch Aufmüpfigkeit, Träumerei und Desinteresse. Die Zahl der Angestellten in meinem Betrieb nahm zu, die Aufträge wurden größer, und ich trug meine Anzüge nicht mehr über ihr augenfälliges Zerfallsdatum hinaus. Ich kaufte auch ein Familienauto.

59

Herr Kehr sitzt auf einem Sessel und blickt auf das Grüppchen von Menschen, das eben, von der Abteilungsleiterin angeführt, aus dem Aufzug kommt. Es dauert eine Weile, bis er die alte Frau erkennt, die offensichtlich von ihrer Taschen und Koffer tragenden Familie beim Einzug ins Heim begleitet wird. Plötzlich erschrickt er. Er dreht sein Gesicht weg und greift auf dem Tischchen neben dem Sessel nach einer Illustrierten, hinter der er sich versteckt. Erst als das Grüppchen außer Sichtweite ist, steht er auf und geht in sein Zimmer.

60

Willkommen im steingewordenen Euphemismus Pflegeheim, willkommen in der Fata Morgana, im Zauberschloss, das inmitten einer profanen Welt thront, in der selbst die Liebe in Pheromone, Neurotransmitter und Fortpflanzungstrieb zur Weitergabe der eigenen Gene zerlegt ist.

Paradoxerweise ist es ausgerechnet die Wissenschaft, diese nimmersatte Magiezerstörerin, die die Zaubersprüche ins große Lehrbuch der Pflegeheimzauberkunst geschrieben hat. Und es braucht tatsächlich mächtige Magie, um dieser Misere der westlichen Welt beizukommen. Denn es ist so: Kein Mensch will ins Pflegeheim, kein Mensch fühlt sich wohl dabei, Angehörige ins Pflegeheim zu bringen.

Das Erste, was jeder zu sehen bekommt, der sich dem Heim nähert, ist das Ziegengehege, das nicht zufällig rund um einen alten, majestätischen Baum herum angeordnet ist. Die Ziegen sind die Vorposten. Sie klettern auf Steine, stellen sich auf die Hinterbeine, um die tiefhängenden Blätter zu naschen, balgen sich und meckern laut und lustig. Der altehrwürdige Baum und die Ziegen flüstern zusammen die Worte Kraft, Weisheit, Würde und Lebensfreude.

Pflegeheime sind prächtige Häuser mit vielen großen Fenstern. Und keine Farbe blättert, kein Scharnier quietscht, kein Rohr ist verstopft. Pflegeheime altern nicht. Um die ewige Jugend zu garantieren, sind Haustechniker eingestellt, plastische Chirurgen, die rund um die Uhr sofort zur Stelle sind, sollte eine Alterserscheinung auftreten und der Korrektur bedürfen.

Und dann ist da die Gartenanlage vor oder hinter dem Haus, wo Saisonales blüht und Gewächse ausgerissen und in aller Stille entsorgt werden, bevor ihr Zerfall sichtbar wird. Verdorrte Blätter und Ästchen sieht man nicht. Vögel singen, Blumen blühen, Ordnung herrscht, das Leben in voller Kraft. Hier können sie im Kreis gehen, die Insassen, oder sie werden im Kreis herumgeschoben. Eine Runde, vielleicht zwei, wenn die Pflegerin selber frische Luft braucht.

Tiere und Pflanzen bewirken bei den Alten Erstaunliches: Sie machen sie glücklicher! Und wem haben die Alten ihr Glück zu verdanken? Natürlich wissenschaftlichen Studien! Ja, es ist tragisch, dass die Kinder sich nicht um ihre Eltern kümmern können und sie im Heim unterbringen müssen. Die Kinder haben nun einmal immer mehr zu tun, und die Alten überleben ihre Selbständigkeit immer häufiger. Der Teufel soll die Kinder aber holen, wenn sie nicht alles daransetzen, den Alten ihren unvermeidbaren Heimlebensabend so angenehm wie möglich zu gestalten! Wenn sie Tiere wollen, dann bringen wir ihnen gleich einen ganzen Zoo. Freche Ziegen vors Haus, muntere Kanarienvögel auf die Etagen, schnurrende Katzen und dann und wann noch die Frau mit ihrem Therapiehund, der allen schön artig das Pfötchen gibt.

Aber Tier- und Pflanzenvielfalt machen noch keine glückliche Alte. Die will sich auch nützlich fühlen. Deshalb strickt sie Schal um Socke um Handschuh, welche die Angehörigen beim Heimfest kaufen, begeistert von der tatsächlich erstaunlich hohen Qualität der Handarbeit.

Auch die Kunst kommt nicht zu kurz! Nicht alle haben Lust, aber manche doch, und von den anderen kann auch hin und wieder einer überredet werden. Mit der Kunst kann noch mehr gezaubert werden als mit dem Handwerk. Überall im Heim hängen Bilder, die von Bewohnerinnen und Bewohnern in künstlerischer Arbeit hergestellt wurden. Die machen hier Kunst, versteht die Besucherin, schöne Kunst.

Und tatsächlich, die aufgehängten Bilder sehen kunstvoll aus. Einige Insassen sind Talente, anderen können die Aktivierungsdamen unter die Arme greifen. Sie kennen Techniken, mit Hilfe derer auch der zittrigste Tattergreis ein Bild malen kann, welches nach etwas aussieht. Sie tunken Baumblätter in Farbe und machen Abdrücke, pausen Motive durch, schneiden Vorlagen aus und so weiter. Und sollte eine Hand wirklich einmal komplett außer Kontrolle geraten, führen die Aktivierungsdamen diese widerspenstige Hand so, dass das Endprodukt endlich doch schön wird. Und da erkennt manch ein Sohn staunend: Mein Vater nuschelt zwar nur noch Unsinn in seinen ungepflegten Bart, scheißt sich in die Hose, fällt alle paar Tage auf die Schnauze, schreit herum und weiß nicht, wer ich bin. Aber dieses schöne Bild hat er ganz allein gemalt.

Übrigens gehe auch ich recht oft in die Malstunde und versuche mich an einem kleinen Landschaftsbild.

Wer ein Pflegeheim betritt, der wird offenen Mundes staunen über die Freundlichkeit, die da herrscht. Lächelnde Pflegerinnen und lächelnde Insassen, so weit das Auge reicht. Die Wände vom Empfang bis zur obersten Etage hinauf sind gepflastert mit Fotos von glücklichen Alten. Darin sind sie gut, die Pflegerinnen, im Knipsen, wenn die Insassen lächeln. Die Kameras sind immer dabei, wenn Ausflüge unternommen, wenn die Alten in den Garten gekarrt und mit Diabetikereis abgefüttert werden. Dann surren und klicken sie, die Wundergeräte, um die Freude einzufrieren und für eine geheuchelte Ewigkeit an die Wände zu klatschen.

Hier im Heim sind die Alten glücklich, anders kann es sich der Besucher nicht denken, und die gegenwärtige Traurigkeit in den Zügen der Bewohner hat sich nur vorübergehend eingenistet, kommt wahrscheinlich von der Erschöpfung nach der letzten Norovirus-Epidemie.

Die Flure glänzen, Putzfrauen sorgen auf jeder Etage dafür, dass Kot und Urin weggewischt werden, bevor alles stinkt oder eine Besucherin sich reinsetzt. Sie putzen vom Morgen bis zum Abend. Erst wenn die Besuchszeiten vorüber sind, dürfen sich auch die Putzfrauen verabschieden, um sich zu Hause um den Dreck ihrer Männer und Kinder zu kümmern. Und trotzdem sind sie die nettesten Menschen im Haus.

Wer einen Angehörigen in ein Pflegeheim bringt, verliert die Kontrolle. Das Pflegeheim kümmert sich nun um ihn, fällt die Entscheidungen und informiert in vielem nach eigenem Gutdünken. Es ist die Abteilungsleiterin, die mit den Angehörigen spricht. Andere dürfen keine Informationen weiterleiten. Die Leiterin meiner Abteilung ist sehr streng, was die Informationspolitik betrifft, und sie gibt den Angehörigen bereits im ersten Gespräch zu verstehen, dass nun sie die Verantwortung trägt. Schon die Erlaubnis an eine Ehefrau, im Pflegeheimzimmer ihres Ehemannes eigenhändig nach eigenem Geschmack ein Bild aufzuhängen, klingt aus ihrem Mund wie eine unerhörte Barmherzigkeit.

Und auch sonst regiert sie, Frau Eisenschmied, wie treffend, mit eiserner Hand. Sie ist auf dem neuesten Stand der Forschung. Sie macht ihre strengen Gesetze nicht zum Spaß. Sie hat sicher gelesen, es sei zu unserem Wohl. Auch bei der größten Hitze darf kein Durchzug gemacht werden, weil Durchzug den Alten schaden könnte. Nein, Frau Cagliari darf nicht sitzen bleiben, weil das Herrn Tadiceks Stuhl ist. Sie muss aufstehen, auch wenn sie sich wimmernd am Tisch festkrallt und Herr Tadicek beteuert, es sei ihm egal, heute mal auf Frau Cagliaris Stuhl zu sitzen. Daniel, der Zivildienstler, legt das schmutzige Besteck zu geräuschvoll in den dafür vorgesehenen

Plastikeimer. Alle müssen raus auf den Balkon, um das schöne Wetter zu genießen und draußen zu essen. Alle, auch Frau Cagliari, die sich am Tisch festkrallt. Auch Frau Fasser, die heute viel lieber drinnen essen will.

Es stimmt: Auf der Etage herrscht Ordnung. Es wird weniger gezankt und intrigiert als auf anderen Etagen. Frau Eisenschmied weiß, wer wann neu eintritt, wer wann mit Verwandten den Tag verbringt und nicht im Heim isst, wessen Leiche in welchem Zimmer liegt. Und die Pflegerinnen haben nicht viel Grund, sich über den Dienstplan zu beklagen, weil dieser so fair wie möglich ist. Auf anderen Etagen geht es menschlicher zu und her. Das wirkt sich auch im Negativen aus. Und trotzdem sehe ich in Frau Eisenschmieds Kittel manchmal eher einen Versuchslabor- als einen Pflegerinnenkittel.

Ganz immun gegen den Pflegeheimzauber bin auch ich nicht, nicht wahr, Kätzchen?

61

Ich habe mich nie beklagt. Ich habe nie mit meinem Los gehadert, sondern alles hingenommen. Dabei hätte ich mehr Grund gehabt als die meisten, die mir die Ohren volljammerten mit ihren Tragödien biblischen Ausmaßes, wenn der Rücken zwickte, die Suppe im Restaurant nicht heiß gewesen oder die Katze gestorben war oder die Kinder keine Karte schickten und zu Weihnachten keine Zeit für einen Besuch hatten.

Ich war Vollwaise, ehe ich richtig wusste, was es bedeutete, Eltern zu haben, die mich liebten. Ich verlor Schwester, Mutter und Vater vor meinem elften Lebensjahr. Dann lebte ich bei Verwandten, die mich hassten. Meine Tante Elisabeth und ihr ungeborenes Kind waren in den Selbstmord getrieben worden, ehe ich mich entscheiden konnte, ob ich sie liebte oder nicht. Der Tod hat in meinem Leben gründlich mitgespielt. Ich verlor meinen Sohn, dann meine Frau und schließlich alle Freunde. Sie starben weg, ich lebte weiter. Mir blieben die Tochter und ihr Mann, die beide ihre liebe Mühe mit mir hatten. Wer kann es ihnen verdenken.

Am Ende bliebst mir nur du, Sophie. Aber ich hätte dir nicht so lange bleiben dürfen. Ich beklagte mich nicht, aber das Leben hat mich abgenützt, hat seine Narben hinterlassen. Am Ende war es auch für mich zu viel. Ich habe die Kraft verloren, mich zu wehren. Ich wusste nicht mehr, wozu ich mich noch wehren sollte. Und ich sah keinen Ausweg. Außer diesem hier.

62

Ich erlebte meine besten Jahre. Die Ehe war nicht leidenschaftlich, aber harmonisch. Die Kinder wuchsen heran, waren aber noch zu jung für ernsthafte Probleme. Bei Franziska waren sowieso keine zu erwarten, sie war zu stabil. Wäre ich nicht ihr Vater, würde ich vielleicht langweilig sagen. Bei Paul ahnte ich früh, dass große Kämpfe bevorstanden. Er war zu phantasievoll, zu ungezähmt und radikal für ein geregeltes Leben. Trotzdem war es genau das, was mir für ihn vorschwebte.

Schon als kleiner Junge bereitete er mir mit seinem Witz viel Freude, aber auch Grund zur Sorge. Er spielte oft allein. Franziska konnte sich für seine Art zu spielen nicht begeistern, sie konnte seinen Einfällen nicht folgen. Paul war zerstreut, vergesslich, unkonzentriert, ungehorsam. Er ließ sich leicht ablenken. Er begeisterte sich stets für neue Dinge, ließ dafür alles andere liegen. Ständig musste etwas Neues her. Bei Paul war das extremer als bei anderen Kindern. Er wechselte seine Frisur, seine Hobbys und seine Freunde. Und stets war er absolut eingenommen von seinen neuen Ideen und konnte stundenlang erzählen. Was er sich in den Kopf setzte, das musste er haben. Und wenn es ihn doch nicht so erfüllte, wie er es sich ausgemalt hatte, tauschte er es aus. So ging es ihm später auch mit der Arbeit, mit Wohnungen und Freundinnen. Paul war unersättlich. Und am glücklichsten war er vielleicht dann, wenn er sich etwas Neues, das ihm die Erfüllung bringen sollte, in allen Details über Wochen ausmalte.

Bei alledem war er charmant. Man merkte, wenn Paul einen um den Finger wickelte. Dennoch wurde man schwach. Seinem Humor widerstanden nur äußerst humorlose Menschen. Leider gibt es viele davon, und ich bemühte mich damals nach Kräften, einer dieser Menschen zu sein.

Pauls Lehrer setzten oft auf körperliche Züchtigung, um ihm seine Flausen auszutreiben. Und ich, gerade ich, der es besser hätte wissen müssen, bestrafte ihn noch ein zweites Mal. Nicht einmal, als ihm ein Lehrer ein Ohr blutig gerissen hatte, stellte ich mich auf seine Seite. Zu groß war meine Angst, Paul könnte seinen Weg nicht finden. Unter seinem Weg verstand ich einen gutbürgerlichen Weg, der geradeaus in eine anständige Karriere mündete.

Aber eben: Die großen Probleme standen erst bevor. Es war ein kleiner Sturm, der damals tobte. Ein Sturm im Wasserglas. Aber auch ich hatte meine Phantasie nicht verloren. Es fiel mir nur allzu leicht, im Wasserglas das Tosen des Ozeans zu hören.

63

«Ist hier noch frei?», fragt Annemarie Zeller den Mann, der im Ess- und Aufenthaltszimmer hinter seiner Zeitung verborgen allein an einem Tisch sitzt.

Er senkt die Zeitung, und ein Lächeln umspielt seinen Mund, als er sie mustert. «Natürlich. Bitte setzen Sie sich. Darf man fragen, wie Sie heißen?»

Frau Zeller setzt sich und sagt: «Zeller.»

«Sehr erfreut, Frau Zeller», sagt der Mann. «Ich heiße Widmer. Aber nennen Sie mich Alois.»

«Es freut mich, Herr Widmer», sagt Annemarie Zeller.

64

Es gibt immer mal wieder eine Auszubildende oder einen Zivildienstler, die ein bisschen bohren, die nach ein wenig Geist, ein wenig Sinn im Meer des Unsinns suchen, die mit Fotos und anderen Erinnerungsstücken etwas Menschliches aus der finsteren Höhle locken wollen. In solchen Situationen muss ich mich immer besonders anstrengen, irre zu wirken. Und das ist gar nicht so leicht.

Wer einmal versucht, einen Demenzkranken in fortgeschrittenem Stadium nachzuahmen, wird schnell feststellen, dass es unmöglich ist, so komplett unzusammenhängende Äußerungen hervorzubringen, wie es diese Könige des Chaos vermögen. Ein einzelnes Wort lässt Heerscharen von sinnvollen Assoziationen erstehen. Ein funktionierendes Sprachzentrum lässt kein komplettes Chaos zu. Ich bereite deshalb immer ein paar Sätzchen vor, die ich zur Not aufsagen kann. Vieles ist Improvisation. Eins meiner letzten Vergnügen.

Als ich mit dem Gedanken spielte, mich zu verabschieden, war mir klar, dass ich nur bestehen konnte, wenn ich mit einem Lehrmeister für die bevorstehenden Prüfungen übte.

Ich kannte keine Dementen. Ich kannte fast niemanden. Die Nachbarn ein bisschen, denen ich im Treppenhaus begegnete und die mich für einen Sonderling hielten. Und so suchte ich im Telefonbuch nach Menschen, die noch lebten und mit denen ich früher Kontakt gehabt hatte. Ich rief sie an, sagte, ich wollte mich wieder einmal melden, erfahren, wie's geht. Ich merkte, dass die meisten das sonderbar fanden. Aber nicht so sonderbar, dass sie nicht Auskunft gegeben, nicht so sonderbar, dass sie ihre Manieren vergessen und nicht eingewilligt hätten, mich wieder einmal zum Kaffee zu treffen. Dabei kam mir zugute, dass man von alten Männern Absonderliches erwartet. So fand ich schließlich meinen Lehrmeister Bruno.

Bruno war Manfreds Bruder. Manfred hatte mich als Rechtsanwalt in geschäftlichen Angelegenheiten beraten. Bruno war jünger als Manfred, aber er lebte wegen seiner Demenz schon seit zwei Jahren im Pflegeheim. Ich besuchte Bruno und beobachtete ihn, machte Notizen, studierte ihn, imitierte ihn zu Hause vor dem Badezimmerspiegel. Es war eine Beschäftigung. Ich lernte, Bruno zu spielen. Und auch Manfred besuchte ich. Ich fragte ihn, wie das mit Bruno gewesen sei, wie es angefangen habe. Ich hakte nach, beharrte auf Details. Und in meiner Wohnung schrieb ich alles auf, die Irrwege durchs Dorf, die Lustlosigkeit, das morgendliche Unwohlsein, das Vergessen, Verlegen, des Diebstahls Verdächtigen. Ich notierte mir alles in ein Buch. Noch hatte ich mich zu nichts entschieden. Ich schrieb meine Anleitung zur Demenz. Ich plante, wie Dostojewskis Raskolnikov geplant hat, es war nichts mehr als ein Traum, den ich dann aber ebenso plötzlich in die Tat umsetzte wie der arme Student seine Mordphantasien.

Eine weitere Parallele: Sowohl Raskolnikovs als auch mein Plan wurde von einer unerwartet auftauchenden Frau erschüttert. Annemarie Zeller ist ausgerechnet in ein Zimmer auf meiner Etage eingezogen.

65

«Ich habe gesehen, dass Sie Besuch hatten», sagt der Zivildienstler zu Herrn Morand, der für einmal keine Lose vor sich auf dem Tisch liegen hat. «War das Ihr Sohn?»

«Ja», antwortet er. «Hören Sie», sagt Herr Morand dann, «können Sie mir einen Gefallen tun? Setzen Sie sich doch.»

«Ja?», fragt der Zivildienstler, während er einen Stuhl zurückzieht und sich hinsetzt, «worum geht es denn?»

«Mein Sohn hat mir eine kleine Flasche Wein mitgebracht. Könnten Sie sie für mich auf mein Zimmer bringen?»

«Sie möchten, dass ich Ihnen die Weinflasche hochbringe?»

«Ja, es ist mühsam mit dem Rollstuhl.»

«Dürfen Sie denn trinken? Was sagt der Arzt?»

«Natürlich. Ich darf schon trinken. Aber auf der Etage würden sie mir den Wein trotzdem wegnehmen. Sie mögen es nicht, wenn man Wein im Zimmer hat. Legen Sie die Flasche bitte in die Schublade des Nachttischs.»

«Haben Sie einen Flaschenöffner im Zimmer?»

«Es ist ein Drehverschluss.»

«Und Sie sind sicher, dass das kein Problem ist?», fragt der Zivildienstler noch einmal.

«Nein, nein, überhaupt kein Problem.»

Er reicht dem Zivildienstler die Flasche, und der geht die Treppe hoch in den dritten Stock, wo er die Flasche wie gewünscht in die Nachttischschublade legt.

66

Was hältst du bis jetzt von meiner Geschichte, Sophie? Kannst du mich verstehen? Oder glaubst auch du, ich sei verrückt? Wie immer, wenn ich mit dir rede, schaust du mir direkt in die Augen. Deine Mimik sollte eingeschränkt sein. Und doch verändert sich dein Gesicht auf der Fotografie, wenn ich mit dir rede. Als ich dir von Tante Elisabeths Schicksal erzählte, war dein Lächeln traurig. Manchmal ist es mitleidig. Dann wieder enttäuscht. Jetzt weißt du noch nicht, was dein Lächeln mir sagen soll. Du wartest ab, bis du die ganze Geschichte kennst. Das hast du von mir gelernt. Gedulde dich noch ein wenig. Meine Geschichte ist noch nicht zu Ende.

Ich war ein rüstiger alter Mann. «Was? Neunzig? Niemals. Achtzig, höchstens! Nicht einmal achtzig! Wie haben Sie das gemacht? Was ist dein Geheimnis? Schön, wenn man im Alter noch so rüstig ist.»

Hätten sie nur einen Blick auf meine entstellte Seele werfen können, die Bewunderer, sie hätten schreiend das Weite gesucht.

Früher konnte man noch rechtzeitig sterben. Irgendwann hat man das verlernt. Man hatte keine Zeit mehr für den Tod, weil man noch Direktor, Millionärin oder vierfacher Ehemann werden wollte. Man hat angefangen, sich selbst so wichtig zu nehmen, dass man vergessen hat, nur das zu bedeuten, was man jenen bedeutet, die einem etwas bedeuten. Man hat den Tod in unserer Gesellschaft aus dem Leben vertrieben. Es stirbt nur noch, wer schon mehrheitlich tot ist. Die Zähne, die Gelenke, die Ohren und Augen, das Geschlecht, alles sagt: Es ist Zeit. Wir haben lange mitgemacht, aber jetzt können wir nicht mehr. Nimm dir ein Beispiel an deinen Haaren, an deinen Knien, an deinen Knochen, die auch nicht mehr zusammenwachsen, wenn sie einmal gebrochen sind. Weil sie wissen: Es hat keinen Zweck mehr. Nimm dir ein Beispiel und folge deiner Frau, deinem Sohn, deinen Eltern, deiner Schwester, deiner Tante und ihrem Ungeborenen, deinem Onkel nach.

Du weißt es nicht. Aber du warst mein einziges Licht im Dunkel, mein letzter Schluck Wasser in der Wüste, die ich nie gesehen habe.

Zwischen deinen Besuchen bei mir lagen zu viele Stunden, in denen ich mich überflüssig fand. Ich nützte der Welt nichts mehr. Und die Welt nützte mir schon lange nichts mehr. Ich habe auf den Tod gewartet, Tag für Tag. Aber er kam nicht. Er war anderswo beschäftigt. Früher hatte er mich oft besucht, sich aber Mal um Mal für jemanden entschieden, der mir nahestand. Und jetzt, wo ich ihn brauchte und rief, ließ er sich nicht mehr blicken. Wie ich ihn verfluchte, diesen sadistischen Tod.

Und niemand interessierte sich dafür. Die Welt war gleichgültig. Sie erzählte mir von ihrem Neffen in Australien, wenn wir einander im Treppenhaus nicht ausweichen konnten, vom Chef ihrer Tochter, der ihre Arbeit zu wenig schätzte, wenn wir im Laden vor demselben Regal standen, von den letzten Ferien im Hotel in Marokko, wo es fast wie in der Schweiz war, wo es Honig zum Frühstück und am Abend Entrecôte mit Reis und gedämpften Karotten zu essen gab. Die Welt stellte selten Fragen. Und wenn, dann wartete sie die Antworten nicht ab. Sie fragte sich nicht, wieso mich das Entrecôte in Marokko interessieren sollte. Die Welt erzählte gern, dann war es ihr wohl. Mit dem Zuhören hatte sie ihre liebe Mühe. Aber reden konnte sie pausenlos.

Wenn du dich entscheiden müsstest, Welt, zwischen deiner Zunge und deinen Ohren, was würdest du retten? Natürlich die Zunge. Die Erde ist längst nicht mehr Zentrum, Dreh- und Angelpunkt des Universums. Aber die Welt bleibt bis heute eine tadellose Egozentrikerin.

67

Luca kümmert es wenig, dass Herr Kehr ihm folgt, als er in den Zimmern die Mineralwasserflaschen verteilt. Der Zivildienstler geht den gewohnten Weg. Vom Westflügel Richtung Ostflügel. Herr Kehr grüßt die Fischers, die auf einem Sofa im Gang sitzen. Und Herrn Kernter, der auf und ab geht. Je näher sie dem Zimmer von Herrn Konrad kommen, desto lauter hören sie dessen Stimme. Er ruft vereinzelte Worte auf Französisch. Er wimmert und jault. Luca klopft an die Tür und tritt ein. Herr Kehr folgt ihm.

Herr Konrad liegt in seinem Bett und schaut die Eintretenden an. «Bonjour!», ruft er. «Vous faites quoi ici?»

«Ich bringe Ihnen frisches Wasser, Herr Konrad», sagt Luca.

Und dann ruft Herr Konrad: «Ich habe den Krieg erlebt! Ich war Waffenmechaniker! Wir hatten noch leichte Maschinengewehre! … LMG! … LMG! … Unser Hauptmann war Präsident von Zürich … Hauptmann Benz!» Er blickt Luca dramatisch in die Augen. «Der war ein guter Führer! Der hatte die Truppe im Griff! Salutieren und marschieren, das war nicht das Wichtigste … Sondern ein gutes Leben!»

68

Ich wollte, dass Paul studierte. Ich drängte ihn dazu, das Gymnasium zu besuchen. Er sträubte sich, wollte bei einem Gärtner in die Lehre, dann bei einem Förster, dann bei einer Bank, und ich konnte nicht verstehen, wie er, der alle Möglichkeiten hatte, sie gleichgültig in den Wind schlug. Schließlich machte er doch noch die Aufnahmeprüfung.

Ich glaube, die Zeit am Gymnasium war Pauls beste Zeit. Während dieser vier Jahre hatte er Freunde, die nicht im Dreimonatsrhythmus wechselten. Paul war intelligent, und wenn auch nicht sehr fleißig, hatte er doch keine schulischen Schwierigkeiten. Er war neugierig, und am Gymnasium konnte er seine Neugier befriedigen. Da war die Fächervielfalt, aber da waren auch intelligente, abenteuerlustige Mitschüler, Alkohol, Feste, Camping und vor allem viele hübsche Mädchen.

Und Paul hatte Erfolg bei den Mädchen. Diese Beziehungen hielten zwar bei weitem nicht so lange wie jene mit den Kameraden, aber ich glaube doch, dass Pauls Leben auch in dieser Hinsicht am Gymnasium am leichtesten war.

Paul war ein Träumer, und am Gymnasium sind die Träumer bei den Mädchen noch beliebt. Am Gymnasium sind die Menschen jung und unverdorben. Sie wollen die Welt verbessern, diese kleinen, intelligenten, naiven und liebenswerten Idioten, wo es doch schon ein hochgestecktes Ziel ist, sie nicht schlechter werden zu lassen. Und da kommt ihnen ein Paul natürlich gerade recht, ein Paul, der anders ist, unangepasst, witzig, scharfzüngig, provokant und gleichzeitig in sich gekehrt und melancholisch. Einer, der wie ein Prototyp des neuen Menschen wirkt, den sie sich erträumen. Sie träumen sich Träumer, und man kann sich keinen verträumteren Träumer träumen als Paul.

Die Mädchen taten mir leid, wenn Paul sie nicht mehr nach Hause brachte und ich erfuhr, dass die Geschichte zu Ende sei. Paul stellte uns nicht alle Mädchen vor. Nur jene, in die er wirklich verliebt war. Aber ich glaubte ihm ohnehin ansehen zu können, wenn er mit einem Mädchen zusammen war. Auch wenn er mir von seinen Abenteuern nichts erzählte. Er wirkte dann selbstsicher und zufrieden, was ihm ein Strahlen verlieh, das die Mädchen sicher anziehend fanden.

Dieser Gesichtsausdruck, der Paul nach seinen Abenteuern ins Gesicht geschrieben stand, er begegnet mir heute in Widmers Visage. Paul stand er besser.

69

Frau Zeller sitzt im Flur auf einem Sofa und liest in einem Buch, eine mächtige Brille auf der Nase. Herr Widmer spaziert auf das Sofa zu, erblickt Frau Zeller scheinbar überrascht, stellt sich vor sie hin, sagt: «Sie sitzen auf meinem Lieblingssofa, darf ich mich dazusetzen?», lässt sich dann auf dem Sofa nieder und schlägt die Zeitung auf. Frau Zeller, die auf seine Frage hin «Ja, bitte» geantwortet und gleichzeitig die Brille abgenommen hat, setzt diese wieder auf, als sich Herr Widmer in seine Zeitung zu vertiefen scheint.

Die Tür von Herrn Kehrs Zimmer, die einen Spalt weit offen stand, wird geschlossen.

70

Frau Fasser sitzt Herrn Kehr gegenüber am Tisch und strickt konzentriert ein Paar Socken. Man hört nur die Stricknadeln klappern, und zwischendurch kommt Frau Fasser ein Laut über die Lippen, der ahnen lässt, dass sie mit ihrer Arbeit nicht ganz zufrieden ist. «Ach, jetzt muss ich diese Masche schon wieder öffnen», sagt sie einmal zu sich.

«Wunderbar, wie Sie stricken können», sagt Frau Matic. «Sie sind ja richtig schnell!»

«Ach was. Früher war ich viel schneller.»

«Und Sie, Herr Kehr, können Sie auch stricken?»

Herr Kehr nickt.

«Herr Kehr, haben Sie Frau Zeller gekannt?», fragt Frau Matic jetzt.

Herr Kehr schaut sie an.

«Haben Sie Annemarie Zeller gekannt?», fragt Frau Matic noch einmal. «Sie hat nach Ihnen gefragt, als sie heute Ihren Namen gehört hat.»

«Ja, ja, natürlich. Ich habe sie gekannt. Aber das war früher. Vor sehr langer Zeit … Sie war meine … Sie war meine Schwester.»

71

Frau Tüsser kann ich nicht ausstehen, Widmer nicht, seit Annemarie Zeller hier aufgetaucht ist, und Fritz Krähenbühl ist der Dritte im Bunde.

Im Stationszimmer sind die Dienstpläne der Pflegerinnen, die Pläne mit dem Tagesprogramm jedes Insassen, Medikamente, ein Computer, viele Ordner und die Insassenakten untergebracht. Die Akten sind interessant. Je nach Tageszeit und Drama auf der Etage ist das Stationszimmer leer. Dann schaue ich mir die Arbeitspläne der Pflegerinnen an, zur Zerstreuung und auch, um zu sehen, wer die undankbarsten Arbeitszeiten hat, mit wem man sich wann besser nicht anlegt. Ich studiere die Tagespläne, schaue, wer zum Augenarzt muss, wer geduscht wird, und manchmal leihe ich mir eine Akte aus, lese sie im Zimmer und lege sie dann zurück. Denn die Pflegerinnen sind nachlässig im Eintragen ihrer Erkenntnisse.

Ich bin enttäuscht, wie wenig sprachliches Geschick sie an den Tag legen, wenn sie über die Insassen schreiben. Die Krankheitsgeschichten tue ich mir nicht an. Aber die Biographien interessieren mich. Allerdings haben sie oft am wenigsten Fleisch am Knochen. Da ist überhaupt keine Phantasie, kein Gefühl, keine Anteilnahme zu spüren, keine Empörung. Da sind Wörter wirklich nur Wörter. Hart und brüchig wie Backsteine. Fritz Krähenbühls Biographie ist da anders. Da wurde eine Pflegerin von der Muse geküsst.

Krähenbühl ist ein freundlicher Mann, auf den ersten Blick. Er lächelt, grüßt, schenkt seinen Tischnachbarn Tee oder Mineralwasser ein. Er lacht, erzählt, hört sogar zu, erzählt wieder, lacht und zerkleinert in Feinarbeit Erdnüsse, mit denen er auf seinem Fenstersims die Kohlmeisen füttert.

Auf den zweiten Blick ist er ein Schwein. Er sucht sich die schwächsten Glieder aus, die Angeschlagenen und die Kranken, die ausländischen Putzfrauen, den Zivildienstler Daniel.

«Kann ich Ihren Suppenteller abräumen, oder möchten Sie noch fertigessen?», fragt Daniel. «Natürlich können Sie abräumen», sagt Krähenbühl, «sonst hätte ich den Teller ja nicht zur Seite geschoben.» Dann das dreckige Lächeln in die Runde, um seine Tischgenossen zu animieren, mit ihm über den dümmlichen Daniel zu lachen.

Seine Intimfeindin ist Frau Tüsser. Deshalb empfand ich anfangs Sympathie. Aber die Sympathie machte bald der Abscheu Platz.

Der interessante Abschnitt in Krähenbühls Biographie ist jener Abschnitt, in dem die Pflegerin von einem Gespräch mit Krähenbühls Tochter erzählt. Wie sie plötzlich in Tränen ausgebrochen sei und stockend erzählt habe, wie der Vater nie zugehört, wie er immer seinen eigenen Kopf durchgesetzt habe. Und wenn er mit Worten nicht weitergewusst habe, dann habe er die Mutter geschlagen und auch sie und die Geschwister.

Er ist derselbe geblieben. Er schlägt zwar niemanden mehr, seit er im Rollstuhl sitzt, nutzt er andere Waffen. Aber er ist ein bösartiger Egozentriker. Wenn er zuhört und dann sagt: «Ja, das ist schon so», um den Schein des freundlichen Mannes zu wahren, dann sehe ich eine Kälte in seinen Augen, die ich noch nie bei jemand anderem gesehen habe.

Doch, manchmal schlägt er noch, und zwar Fliegen. Er sitzt da, in seinem Rollstuhl im Aufenthaltsraum, in der Hand die Fliegenklatsche im rechten Winkel in die Höhe gereckt, wie ein König sein Szepter, und wenn eine Fliege in Reichweite landet, schlägt er sie tot. Und dann streckt er seine Mörderhand aus, klaubt die Fliege vom Tisch und lässt sie auf den Boden fallen. Und sein triumphierender Blick in die Runde sagt: «Schaut mich an. Ich bin der virilste Krieger in diesem Heim.»

Krähenbühl ist nicht einfach teilnahmslos. Für ihn existieren andere Menschen nicht oder nur in dem Sinne, dass sie vorhanden sind und er gezwungen ist, sich mit ihnen zu arrangieren. Er weiß, wie er sich verhalten muss, damit er überlebt. Mitmenschen wären für ihn absolut uninteressant, wenn sie ihn nicht am Leben erhalten würden, wenn sie ihn nicht füttern und waschen und seine drückende Einsamkeit lindern würden. Denn Krähenbühl wird von niemandem besucht.

Aber das ist natürlich nicht seine Schuld. Seine Familie hat sich von ihm abgewendet, weil sie herzlos, nicht weil er ein Scheusal ist. Mich friert, wenn ich ihn sehe. Aber in den Himmel kommt er doch. Da ist er sich sicher. Denn er füttert ja die Kohlmeisen.

72

Zur Abwechslung mal etwas Heiteres. Ich will sehen, ob ich dein Lächeln beeinflussen kann, Sophie. Frau Fasser hat Frau Feller heute Morgen nach dem Frühstück eine Geschichte erzählt. Eine kleine Anekdote aus ihrem Eheleben. Gut fünfzig Jahre war sie mit ihrem Ehemann verheiratet. Sie strahlt, wenn sie von ihm erzählt, und ich frage mich, ob ihre Ehe tatsächlich so glücklich verlief oder ob postmortale Verklärung bei der Steuerung der Gesichtsmuskulatur ein Wörtchen mitredet. Beides ist möglich. Die Fischers sind einander immer noch sehr zugetan.

Während ihrer langen Ehejahre hat Frau Fasser stets für ihren Gatten gekocht. Bei fünfzigjähriger Ehe hätte sie, falls sie tatsächlich täglich gekocht hat, wie sie behauptet, achtzehntausendzweihundertfünfzig Abendessen zubereitet. Mit Frühstück und Mittagessen insgesamt vierundfünfzigtausendsiebenhundertfünfzig Mahlzeiten. Mit Schaltjahren kämen je nachdem, ob im ersten oder zweiten Ehejahr ein Schaltjahr war oder nicht, in zwei von vier Fällen also noch zwölf mal drei, ansonsten dreizehn mal drei – sechsunddreißig oder neununddreißig tägliche Mahlzeiten dazu. Vierundfünfzigtausendsiebenhundertsechsundachtzig oder vierhundertfünfzigtausendsiebenhundertneunundachtzig.

Wichtig ist aber eine andere Zahl. Frau Fasser hat für ihren

Mann jeden Abend aus einer großen oder zwei kleineren Kartoffeln eine Rösti gebraten. Nur für ihn. Nicht für sich. Und er hat ihre Rösti Abend für Abend gegessen. Jahrzehntelang. Rund fünfunddreißig Jahre, so genau genommen, wie Frau Fasser es nehmen konnte. Zwölftausendsiebenhundertdreiundachtzig Portionen Rösti, acht Schaltjahre eingerechnet. Nach fünfunddreißig Ehejahren kam aber der Abend, an dem Frau Fasser aus nicht rekonstruierbarem Grund keine Kartoffeln im Haus hatte. Als sie das Abendessen servierte, entschuldigte sie sich bei ihrem Mann. Es tue ihr sehr leid, aber es sei unmöglich gewesen, ihm seine Rösti zu braten. Kannst du erraten, was ihr Mann geantwortet hat, Sophie? Er sagte: «Das ist überhaupt nicht schlimm, liebe Frau. Eigentlich mag ich Rösti sowieso nicht besonders.»

73

Wo ich mit der Familie der Tante aufwuchs, Kätzchen, im tiefsten Innern der Schweiz, da hätte es dir besser gefallen als mir. Sehr ländlich. Beschaulich, natürlich und beschränkt.

Als Kind hasste ich meine Stiefeltern wegen ihrer Lieblosigkeit. Aber wie beschränkt sie waren, und gleichzeitig stolz, wie zufrieden sie in nutztierischer Apathie vor sich hin dämmerten, das wurde mir erst klar, als ich ihrem Milieu entronnen war.

Die Bibel war das einzige Buch im Haus, sie war den Verwandten ein Talisman, der Beweis der eigenen Christlichkeit, falls Gott oder Jesus eines Tages an die Tür klopfen sollte. Ich war der Einzige, der darin stöberte. Einmal las ich im Alten Testament die Geschichte von Kain und Abel. Es war mir ein Rätsel, wie sich Gott nur an Abels geopferten Lämmern erfreuen konnte, während er die Früchte von Kains Acker verschmähte. Bei uns kam fast nie Fleisch auf den Tisch, für mich sowieso nicht, und es musste immer alles aufgegessen werden. Weshalb aß Gott ausschließlich Fleisch? Die Tante sagte, ich solle in der Schule den Pfarrer fragen, der Onkel gab mir eine Ohrfeige. Eine zweite erhielt ich in der Schule vom Pfarrer.

Als ich älter war und von Nietzsches «Gott ist tot» hörte, da dachte ich mir vergnügt, er könnte an Vitaminmangel gestorben sein.

Einen Todesfall vergesse ich nicht. Er hat für viel Bestürzung gesorgt und mich doppelt erschreckt. Im Sommer schickte der Onkel mich und die Cousins manchmal zum Nachbarbauern zum Heuen. Dafür gab es dann jeweils ein Nachtessen, an dem auch der Onkel teilnahm, obwohl er keinen Finger rührte.

Wir waren auf der Wiese, und einer der Bauernsöhne, ein fröhlicher Junge, den ich mochte, Thomas hieß er, Thomasli, elfjährig, hatte sich den Rechen über die Schulter gelegt und stieg quer den Hang hinauf. Es war Vormittag, das geschnittene Gras nass vom Tau. Ich ging nur wenige Meter hinter Thomasli und sah, wie er ausrutschte. Unglücklicherweise fiel er nach hinten, der Rechen glitt von seiner Schulter, und Thomasli landete auf dem Rechen. Ich war der Erste, der bei ihm war. Elf Spitzen des Rechens hatten seinen Brustkorb durchbohrt, wie man später erzählte. Eine für jedes Lebensjahr. Das sah ich nicht. Ich sah nur das Blut, das er ausspuckte. Ich hörte sein Gurgeln und sah seine zuckenden Beine, den entsetzten Blick. Ich stand da und wusste nicht, was zu tun sei. Deshalb schrie ich. Die anderen kamen herbeigelaufen. Zuletzt der Vater, der Thomasli hochhob, ihm den Rechen aus dem Brustkorb zerrte und versuchte, den elffachen Blutfluss zu stoppen. Aber Thomasli war tot. So zerbrechlich war der menschliche Körper also. So nahe lauerte das Ende. Bewahre

Gott, der Fleischfresser, dass es mich ebenfalls erwischte, bevor ich das verhasste Haus der Familie verlassen und endlich reisen konnte.

Wenn ich meine Stiefeltern nach der Zeit bei den Brullers, nach dem Aufbau meines Geschäfts besucht habe, aus dem Gefühl heraus, ihnen vielleicht doch etwas zu schulden, dann saß ich nach diesen Besuchen erschrocken im Auto und ließ mir ihre Sticheleien noch einmal durch den Kopf gehen, die aus Unverständnis, Neid, Missgunst und Beschränktheit gegen mich, gegen mein Leben im Städtchen gerichtet waren. Sie hegten ein schier unglaubliches Misstrauen gegen Stadtmenschen. Dabei waren ihnen die meisten ähnlicher, als sie es sich hätten vorstellen können.

Ich dachte als Kind, es müsse andere Menschen geben, neugierige Menschen, die sich nicht mit Arbeit, Essen und Kinderzeugung begnügten. Fünfzehn Kinder zählte eine Familie in der Nachbarschaft. Und als ich später in Städte kam, fühlte ich mich lange als dummer Bauerntölpel, zum Beispiel wenn ich Bücherregale sah, die sich unter ihrer Last bogen, und Zitate hörte, die in Diskussionen hin und her geworfen wurden. Irgendwann erkannte ich dann, dass auch die Bücherregale meist nur Tarnung waren und dass es noch andere gab als nur Gott oder Jesus, die anklopfen können und vor denen es den Schein zu wahren gilt.

74

Im hintersten Zimmer des Ostflügels liegt Herr Konrad. Er ist es, der klagt und heult. Er ist der Zweitälteste hier. Vor einem Monat wurde er hundert. Ich habe gehört, wie eine Pflegerin einer Auszubildenden Herrn Konrads Geschichte erzählte.

Konrad ist sehr verwirrt. Er ist auf der Demenzabteilung, aber er ist nicht dement. Er ist schizophren. Die Pflegerinnen mussten alle Fotos und Bilder aus seinem Zimmer entfernen, weil er glaubte, die Menschen darin bewegten sich und träten aus den Bildern heraus in sein Zimmer. Manchmal spricht er nur gebrochen Französisch, auch wenn Schweizerdeutsch mit ihm geredet wird. Aber er fürchtet sich immer noch, und seine Rufe sind manchmal auf der ganzen Abteilung zu hören und jagen auch den anderen Insassen und vielen Pflegerinnen immer wieder einen Schrecken ein.

Konrads letzter Wunsch im Leben war es, vor seinem hundertsten Geburtstag zu sterben. Er ist sehr religiös. Und so ließ er sich in den Jahren vor seinem hundertsten Geburtstag einen Bart wachsen. Das tat er, um Petrus möglichst ähnlich zu sehen, den er sich als Mann mit langem Bart vorstellte. Er wollte bei seinem Eintritt ins Himmelreich gleich einen guten Eindruck machen.

Jetzt hat er sich den Bart wieder abrasiert. Wenn einem schon der letzte Wunsch im Leben nicht erfüllt wird, muss man den Herren ja nicht gleich noch in den Arsch kriechen, mag er sich gesagt haben.

75

Franziska und Hans sind religiös. Ursula ging nicht in die Kirche, aber sie glaubte an etwas, das sie nicht definieren konnte oder wollte. Wir redeten nie darüber. Ich konnte nicht glauben. Ich konnte nicht an einen allmächtigen Schöpfer glauben, der als Krone seiner Schöpfung so einen unfertigen, erbärmlichen Wurm geschaffen haben soll. Und trotzdem soll er sich einen Ruhetag gegönnt haben?

Ich sage nicht: Das Leben hat keinen Sinn. Es hat durchaus einen Sinn. Er entspringt aber nicht einer göttlichen Fügung, sondern einer zufälligen Fügung des Universums. Der Sinn ergibt sich aus der Existenz. Ich lebe, also bin ich, und um mich herum wird gelebt. Das ist es, was mich verpflichtet.

Du warst nie so streng wie ich, Sophie. Du bist keine Gottesaustreiberin. Ich weiß nicht, wie gläubig Franziska früher war. Aber sie fühlte sich angezogen von der Geselligkeit und dem Halt, den die kirchliche Gemeinschaft bot. Und deshalb hat sie unter mir gelitten. Denn ich machte nie einen Hehl daraus, was ich vom Bedürfnis der Menschen hielt, sich in einer Gruppe aufgehoben zu fühlen, die dadurch zusammenfindet, dass sie gemeinsam einen unsäglichen Blödsinn glaubt.

Das Motiv des Hirten und seiner Schäfchen ist ein sehr beliebtes Motiv im Christentum. Ich wollte kein Herdentier sein. Ich war ein Wolf. Keiner, der Schafe riss, sondern einer, der in Schafen Wölfe sehen wollte, denen es ihren Schafspelz über die Ohren zu ziehen galt.

Franziskas Religiosität blühte auf, als sie von zu Hause auszog. Sie fing an, sich in der Kirche zu engagieren. So lernte sie Hans kennen. Und als ich mich zu diesem Schritt entschloss, da dachte ich auch daran, dass Franziska genug unter mir gelitten hatte. Sie war meine Tochter. Ich hatte schon Paul verloren. Ich wusste, dass ich mich selber verlieren musste, wenn ich sie nicht ganz verlieren wollte.

Wenn sie mich jetzt besucht, merke ich, dass sie mich mit leichterem Herzen besucht als früher. Neulich kam sogar Hans mit. Sie fuhren mit mir zu einem Restaurant am See. Und auch Hans schien sich weniger unwohl zu fühlen als bei seinen vergangenen Besuchen, als ich noch zu Hause war. Franziska kümmerte sich immer fürsorglich um mich, fürsorglich und pflichtbewusst. Ich merke, dass sie sich jetzt entspannter um mich kümmert. Und ich mache es ihr so leicht wie möglich. Ich merke, dass sie es genießt, mit mir endlich eine Beziehung führen zu können, die nicht von Unsicherheit und Angst vor Verletzungen geprägt ist. Und ich muss sagen, dass ich es auch genieße. Das heißt aber nicht, dass ich mich mit den Schafen versöhnt hätte. Nur mit meiner Tochter.

76

Ich glaube, er heißt Schöndorfer, ich bin mir nicht ganz sicher. Es gibt Insassen, deren Namen ich mir nicht merken kann. Schöndorfer ist ein ganz zufriedener Schalenmensch auf meiner Abteilung, und was bei ihm als Erstes auffällt, das sind seine Zähne. Sie erinnern auf den ersten Blick an spitz zugeschliffene Kannibalenzähne. Es sind aber gar keine Zähne, sondern Metallspitzen, die zur Fixierung einer Zahnprothese dienen. Nur hat Schöndorfer nie eine Zahnprothese im Mund. Seine falschen Zähne sind nämlich verloren gegangen. Niemand weiß, wo sie sein könnten. Wahrscheinlich mit irgendeinem Kleidungsstück in die Wäscherei und da verschollen. Eine neue Prothese gibt es nicht, erstens ist das teuer, und die Angehörigen mögen denken, es lohne sich nicht, Geld auszugeben für einen, der sowieso bald unter die Erde kommt und in der Zwischenzeit nichts begreift. Zweitens wäre das Prozedere für ihn unangenehm. Man müsste beim Zahnarzt Gipsabdrücke machen. Und einem Schalenmenschen kann man nicht erklären, weshalb es Gipsabdrücke von seinen Prothesenstummeln braucht.

Das Nächste, was einem an Schöndorfer auffällt, ist seine Größe. Er ist fast zwei Meter lang, und wenn er aufsteht, dann zieht er erstaunte Blicke auf sich. Meist sitzt er da und brütet stumpfsinnig vor sich hin. Aber er steht immer wieder auf, entfaltet seinen Körper, wie man etwa eine Büroklammer auseinanderbiegt. Dann überragt er alle, denn sein Körper ist nicht nur lang, sondern für sein Alter auch unüblich gerade. Er ist immer gut angezogen, trägt feine Hemden und Hosen mit Bügelfalten. Auf seiner krummen Nase sitzt eine filigrane silberne Brille, und sein Kopf wird von schneeweißem kurzen Haar geziert.

Schöndorfer war Goldschmied. Er hat Geld. Das sieht man auch seinem Einzelzimmer an, das geschmackvoller eingerichtet ist als die anderen. Besonders auffallend: ein massiver bemalter Kleiderschrank. Er hat ihn selber gebaut und bemalt, ein Kunstwerk. Ich verstehe zwar nichts von Kunst, aber ich erkenne gutes Handwerk. Und Schöndorfer verstand sein Handwerk. Anscheinend hat er die Hochzeitsringe für die eine oder andere europäische Prinzessinnenhochzeit geschmiedet. Anscheinend kam er in der Welt herum und war mit wichtigen Leuten per Du. Und jetzt ist er der schwachsinnige lange Dürre mit den Kannibalenzähnen. Die unberechenbare Büroklammer.

Schöndorfer hat nur selten Besuch, aber für die Angehörigen oder Freunde anderer Insassen ist er natürlich eine Attraktion. Die Kinder fürchten sich vor ihm, und ich glaube, auch Erwachsene verspüren manchmal einen Schauer, wenn sie sich vorstellen, wie sich der dürre Riese mit seinen Metallspitzen in ihrem Unterarm verbeißt.

Die Pflegerinnen versuchen immer, ihn am Aufstehen zu hindern. Das gelingt selten. Wenn er aufsteht, schieben sie ihm schnell seine Gehhilfe hin. Dann zieht er los, geht geradeaus, bis er gegen einen Stuhl, eine Wand, eine Tür, eine Pflegerin oder andere Insassen knallt. Er schiebt noch ein bisschen weiter, und wenn er merkt, dass der Weg versperrt ist, dann macht er kehrt, bis er gegen das nächste Hindernis stößt. Man kann ihm zuschauen, dem Schöndorfer, wie er hin und her und hin und her geht, seine Gehhilfe gegen die Mauer fährt, wieder und wieder kehrtmacht und sein Glück andernorts versucht. Ich beobachte ihn manchmal und sehe immer dasselbe Bild: ein riesiger Goldfisch im Wasserglas.

77

Eine junge Frau steigt aus dem Auto und öffnet beide Hintertüren, um ihre zwei kleinen Töchter aussteigen zu lassen. Sie hilft ihnen, ihre Jacken anzuziehen, lässt die Reißverschlüsse aber offen, weil sie die Jacken gleich wieder ausziehen werden. Die drei gehen vom Parkplatz Richtung Eingang. Beim Ziegengehege bleiben sie stehen, und die Mutter schaut zu, wie ihre Töchter die Ziegen durch den Zaun hindurch mit Löwenzahn füttern. «Schaut euch mal die zwei Kleinen an!», ruft die Mutter. Die Mädchen versuchen, die zwei kleinen Ziegen zu füttern, die werden aber von den größeren immer wieder zur Seite geschubst. Bald sagt die Mutter: «Kommt, wir gehen rein. Ihr könnt sie nach dem Spaziergang mit Urgroßvater noch einmal füttern.»

Als sie zum Haus kommen, drängen sich die Mädchen nahe an ihre Mutter. Vor dem Eingang steht eine Frau in der Kälte, das Gesicht zu jung fürs Pflegeheim. Sie zündet sich gerade mit einer heruntergebrannten Zigarette eine neue an. Dort, wo ihr Kehlkopf sein sollte, ragt ein Plastikröhrchen aus dem Hals. Die Mutter grüßt die Frau. Sie antwortet mit einem Krächzen. Das ältere der Mädchen grüßt auch und hält sich dabei an ihrer Mutter fest. Die Kleinere vergräbt ihr Gesicht im Mantel der Mutter, bis sie durch die Schiebetür eingetreten sind.

78

Ein Pflegeheim ist ein Haus der Erinnerungen, ein Haus der Geschichten. Wer im Pflegeheim lebt, der weiß, dass dies seine letzte Station ist. Selbstverständlich gibt es manche, die glauben, das Heim bald wieder verlassen zu können. Und hin und wieder gelingt es dem einen oder der anderen sogar. Aber es kommt so selten vor, dass das Gesetz gilt: Wer ins Pflegeheim zieht, kommt nicht mehr lebend hinaus.

Die allermeisten hier warten auf den Tod. Ihre Körper zerfallen. Vor einem Monat konnten sie noch zu Fuß vom Zimmer zum Esstisch laufen. Jetzt schaffen sie nicht mehr den halben Weg. Und egal, wie enthusiastisch die Motivationsmonologe der Physiotherapeutinnen ausfallen, Herr Tadicek sieht keinen Grund mehr, sich aus seinem Rollstuhl zu stemmen, ein paar zittrige Schrittchen zu wagen, gestützt von der Therapeutin, in ständiger Angst vor dem Sturz. Die Rückschritte werden sorgfältig registriert. Wer strengt sich denn noch an, wenn ihm die Physiotherapie sowieso im Wochenzyklus vor Augen führt, dass sich alle Glieder und Gelenke zum Grab hin sehnen? Was bleibt, sind Erinnerungen an die Zeit vor dem Pflegeheim. Und jeder Einzelne will diese Erinnerungen teilen.

Die Menschen leben unbeschwert. Es gelingt ihnen, nicht an den Tod zu denken, bis er vor der Tür steht und nicht mehr aufhört zu klopfen, bis sie ihm öffnen. Die Lebenden fürchten sich erst vor ihm, wenn sie seinen Atem im Genick spüren, wenn er ihnen auf den Rücken gesprungen ist und sich von ihnen herumtragen lässt. Und wer kann ihnen verdenken, dass sie lieber im Rollstuhl sitzen, wenn der Tod mit seinem ganzen Gewicht auf ihrem Buckel thront?

Wer seinen Tod nicht mehr vergessen kann, dem erscheint sein Leben plötzlich als etwas sehr Kostbares, Gefährdetes.

Und der Glaube an ein Leben nach dem Tod, den einige haben, ist bei den wenigsten so erfüllend, dass sie ihr Leben vor dem Tod nicht trotzdem für bedeutungsvoll hielten. All die Erinnerungen, die Kindheit, die Schulzeit, die Freuden, alles Leid, die Abenteuer, Liebe, Tränen, Fehler, Träume, die ganze Unendlichkeit, die Ewigkeit ihres Lebens, sie droht zu erlöschen, sich aufzulösen in Bedeutungslosigkeit, im Strudel der stetig sich erneuernden Weltbevölkerung.

Wer ein Pflegeheim betritt und noch einige Jahre zu leben hat, der wird sofort umworben. Je jünger, desto drängender, desto aufdringlicher wird er umworben. Die Erinnerungen und Geschichten müssen erzählt werden, als Beweis dafür, dass die Alten existiert haben, dass ihr Leben einen Wert hatte. Ein Pflegeheim ist ein Haus der rastlosen, der panischen, von Todesangst getriebenen Geschichten.

Und so beobachte ich an Wochenenden, wenn am meisten Besuch kommt, wie die Alten um Kundschaft buhlen, die ihnen etwas Zeit für die eine oder andere Geschichte schenkt. Alle Insassen wollen ihre Geschichte erzählen. Alle, außer ich.

79

«Wissen Sie, wie man diese Tür öffnet?», fragt Herr Müller den Zivildienstler auf der Demenz. «Es scheint, als müsste man eine Zahlenkombination eingeben.»

«Nein, das weiß ich leider auch nicht. Möchten Sie etwas trinken, Herr Müller? Vielleicht ein Glas Tee?»

«Man muss doch diese Tür öffnen können. Oder sind wir hier eingesperrt?»

«Nein, Sie sind doch nicht eingesperrt. Wir können nach dem Mittagessen spazieren gehen.»

Herr Müller schaut den Zivildienstler an. Mit zwei zittrigen Händen zieht er an der Tür. Dann versucht er, sie aufzustoßen. «Gibt es denn einen anderen Ausgang? Ich muss nach Hause, ich muss meine Kühe melken.»

«Aber es ist doch gleich Mittag, Herr Müller. Die Kühe wurden doch am Morgen gemolken.»

«Gleich Mittag?»

«Ja, in einer halben Stunde können wir essen.»

«Aber ... ich kann nicht ... ich muss doch nach Hause ... meine Kühe.» Mit einem zittrigen Finger drückt Herr Müller auf die Zahlentastatur. «Kennen Sie die Zahlenkombination?», fragt er wieder.

«Nein, die kenne ich leider auch nicht. Kommen Sie, wir setzen uns in den Aufenthaltsraum. Ich bringe Ihnen ein Glas Tee.»

80

Frau Hülster hat eine Geschichte. Nur eine. Zumindest ist es die einzige Geschichte, die sie für erzählenswert hält. Und weil sie nur eine einzige Geschichte hat, erzählt sie diese mit umso größerem Eifer, mit einer Aufsässigkeit, die beeindrucken könnte, wenn sie nicht so lächerlich wäre. Sie wechselt urplötzlich das Thema. Jemand kann sich mit ihr über das Wetter unterhalten. Es kann ein langweiliges, alltägliches Gespräch sein. Wer Frau Hülster nicht kennt, ahnt nicht, dass ihr ihre Geschichte auf der Zunge brennt. Auch ich sehe ihr die Unrast nicht an, weiß nur, dass sie vorhanden sein muss, weil ich zahllose identische Situationen beobachtet habe. Ich weiß, dass die Geschichte zum Absprung bereit ist, oben auf der Zunge hockt, im Begriff hinunterzurutschen, die Zunge als Schanze, um dem Gegenüber mit Schwung ins Gesicht zu springen.

«Ja, heute ist es wirklich viel wärmer als gestern», sagt Frau Hülsters Gegenüber.

Frau Hülster wartet zwei Sekunden und sagt dann: «Ich habe einmal den General Guisan getroffen.»

Schon diesen ersten Satz spricht sie schneller, eindringlicher als die Sätze davor. Auch wenn man die Geschichte nicht hat kommen sehen, so merkt man jetzt doch, dass sie für Frau Hülster etwas Besonderes ist. Sie ist ganz aufgeregt, wartet auf die Reaktion des Gegenübers, um weitererzählen zu können. Und das Gegenüber, erstaunt über den abrupten Themenwechsel, sagt: «Ach ja?» oder «Wirklich?» oder «Wirklich? Wo denn das?», und wenn das Gegenüber sagt: «Wirklich? Wo denn das?», dann wird das «Wo denn das» vermutlich schon von Frau Hülsters «Ja, das war in den Fünfzigerjahren» unterbrochen.

In den Fünfzigerjahren sei es gewesen, sagt sie, da habe sie der General Guisan, der kleiner gewesen sei, als sie ihn sich vorgestellt, den sie aber dennoch sofort erkannt habe, angesprochen. In Pully, wo er gewohnt habe. Und er habe sie für den nächsten Tag zum Frühstück eingeladen. «Est-ce que vous prendriez le petit déjeuner avec moi demain?» Zum Frühstück in einem Café am See. «Und? Sind Sie hingegangen?», fragt das Gegenüber.

Und Frau Hülster sagt, ja, sie sei hingegangen. Ihr eigener Vater habe als Major Militärdienst geleistet während des Krieges. Und der habe dem General damals einen Brief geschrieben, in dem er ihn über die mangelhafte Verpflegung seiner Soldaten unterrichtet habe. Und der General habe sich bei diesem Frühstück an ihren Vater erinnert. «Ah, vous êtes la fille de Monsieur Hülster», habe er gesagt.

Und dann ist die Geschichte auch schon fast zu Ende. Ein junges Ding sei sie damals gewesen, sagt Frau Hülster. Und dass der General häufig junge Frauen zum Frühstück eingeladen habe. «Ich glaube, der General war im Alter ein bisschen einsam», sagt sie zum Schluss.

81

«Musik!», ruft Herr Tadicek.

«Möchten Sie ein bisschen Musik hören?», fragt Frau Matic in die Runde.

«Ja, das wäre schön», antwortet Frau Fasser ganz ergriffen.

«Was möchten Sie denn hören?», fragt Frau Matic, die jetzt beim CD-Player steht.

«Nein! Nein! Alles, nur keine Musik», stöhnt Frau Tüsser. «Ich habe fürchterliche Kopfschmerzen.»

«Volksmusik!», ruft Herr Tadicek.

«Ich hätte gerne ein bisschen Musik», sagt Krähenbühl, der Musik eigentlich hasst.

«Ach nein, keine Volksmusik», schnaubt Herr Zimp. «Lieber etwas Klassisches.»

Frau Matic legt eine CD mit Volksmusik ein und erklärt, am Nachmittag könne man dann etwas Klassisches hören.

«Aah, mein Kopf!», klagt Frau Tüsser.

«Gehen Sie doch, wenn Sie's nicht aushalten», meint Krähenbühl.

Frau Tüsser und auch Herr Zimp schlurfen aus dem Aufenthaltsraum. Krähenbühl rollt kurz darauf auch in sein Zimmer.

Frau Fasser ist auf dem Sofa eingeschlafen. Herr Tadicek sitzt neben ihr, trinkt ein Glas Tee und lauscht mit wiegendem Kopf und tränenden Augen seiner Volksmusik.

82

Als Paul seine Matura im Sack hatte, ging es abwärts. Vielleicht war dieser Ausweis, der ihm ermöglichte, alles zu erreichen, mit dem er aber noch nichts erreicht hatte, zu schwer für ihn.

Er studierte zuerst Psychologie oder Englisch, ich weiß es nicht mehr. Vielleicht auch Soziologie oder Geographie. Er brach alles nach höchstens zwei Semestern ab. Zwischenzeitlich arbeitete er auf dem Bau, in Bars, als Skilehrer, als Rezeptionist in einem Hotel. Zweimal fing er auch eine Lehre an, einmal als Buchhändler und einmal als Orgelbauer.

Anfangs versuchte ich ihn anzutreiben. Ein Studium sollte er abschließen. Später verlangte ich, dass er irgendetwas abschloss, und dann nur noch, dass er irgendetwas durchhielt. Irgendwann hielt ich mich dann raus. Ich fragte mich, ob ich zu viel Druck aufgesetzt, ob Paul vielleicht mit mir ein Problem hatte. Ob es ihn lähmte, dass ich ihn immer ermuntert und gefordert, vielleicht auch gedrängt hatte. Aber es änderte sich nichts. Paul fand keinen Beruf, den er länger als ein paar Monate, einmal vielleicht ein Jahr lang aushielt.

Irgendwie ging es trotzdem. Er wechselte oft die Wohnung, kam zwischenzeitlich bei diesen oder jenen Freunden unter, aber er stand auf eigenen Beinen. Es war eine Tortur mitanzusehen, wie Paul seine Talente verschwendete.

Paul lebte vor sich hin. Er sprach nicht mehr von Träumen. Die Begeisterung für Neues, welche ihn früher so heftig ergriffen hatte, war verschwunden. Auch wenn er mit den immer neuen Ideen, die er sich in den Kopf setzte, oft naiv gewirkt hatte, war er doch zu gescheit, um lange naiv zu bleiben. Paul merkte, dass er sich etwas vormachte, wenn er glaubte, der nächste Versuch, die nächste große Veränderung in seinem Leben würde ihm Zufriedenheit verschaffen.

Und wenn ich mir früher gewünscht hatte, er möge nicht immer von neuem in diese blinde Begeisterung fallen und mir in stundenlangen Monologen die Ohren füllen, er möge doch einmal lernen, dass es nicht nur himmelhochjauchzende Seligkeit und abgrundtiefe Trübsal gab, sondern auch Zwischentöne, so wünschte ich mir jetzt nichts sehnlicher als einen begeisterten Paul.

Als diese Begeisterung dann tatsächlich wiederauftauchte, da war ich dann doch nicht so erfreut, wie ich es erwartet hatte.

83

Danke für deinen gestrigen Besuch, Sophie. Ich habe mich schon gestern bedankt. Zum ersten Mal. Deine Augen haben geleuchtet. Meine wurden trüb.

84

Ich habe ein Problem. Annemarie Zeller macht mir das Leben schwer. Es scheint, als hätte sie sich mit Sophie verbündet. Sie lässt sich nicht abwimmeln, und das ist umso problematischer, als ich sie eigentlich gar nicht abwimmeln will. Es ist wie früher und kaum zu glauben. Aber es ist so. Ich bin verliebt.

Mein Bauch kribbelt, meine schlottrigen Kniegelenke werden noch weicher. Ich werde nervös, wenn sie den Raum betritt. Und glücklich, weil sie Widmer links liegenlässt, um sich zu mir zu setzen. Ich mag ihren Duft. Ich habe ihren Duft schon vor siebzig Jahren gemocht. Wenn mir ein Luftzug ihren Geruch in die Nase weht, wenn sie an mir vorübergeht, wenn sie sich neben mich setzt, oder nur ausgelöst durch eine flüchtige Bewegung des Arms, dann fließt mir ein betörendes Entzücken durch alle Glieder und macht mir den Kopf schwindlig.

Sie kleidet sich elegant, und mir gefallen die Farben ihrer Kleider. Herbstfarben. Nicht diese lächerlich bunte, absurde Frühlingsblumenpracht, die sonst im Heim getragen wird. Ihre ehemals kastanienbraunen Haare sind dunkelgrau. Sie trägt sie kurz, gut gekämmt und doch ungebändigt, in auffälligem Kontrast zu den dominierenden strengen Altfrauenfrisuren. Annemaries Gesicht ist gealtert, zerfurcht, eingefallen, von Leberflecken geziert, aber es ist noch immer Annemaries Gesicht, liebenswürdig wie damals und ebenso geheimnisvoll. Ihre Augen sind dieselben, dunkelbraun, fast schwarz. So freundlich und vertrauenerweckend. Voller Schalk.

Annemarie macht mir das Leben schwer, indem sie es mir so leicht macht, in meiner Rolle zu bleiben. Sie sitzt beim Essen neben mir. Das hat sie sich von der Abteilungsleiterin Eisenschmied erbeten. Meine Abwehrreaktion, die darin bestand, alle Tischmanieren zu vergessen, zu sabbern, das Getränk in die Suppe, die Suppe über die Pasta zu leeren, hustend Gekautes auf den Tisch zu spucken – ich ließ sogar zweimal die Zähne in den Teller fallen, hob sie mit der Gabel in den Mund und kaute darauf herum –, blieb wirkungslos. Annemarie ließ sich von meinen Schweinereien nicht beeindrucken. Deshalb hörte ich damit wieder auf. Die Pflegerinnen sind froh, dass meine so plötzlich verlorene Fähigkeit, selbständig zu essen, die sie immer so beeindruckt und erfreut hatte, wieder zurückgekehrt ist. Die aufrichtige Freude, die sie über diesen Fortschritt – oder Rückschritt – empfinden, rührt mich.

Offenbar unterhält sich Annemarie lieber mit dem schwachsinnigen Kehr als mit den anderen. Sie erzählt mir von früher, von gemeinsamen Bekannten, von gemeinsamen Erlebnissen, von ihrem Leben, ihren Kindern, ihrem verstorbenen Ehemann und sogar von unserer Jugendliebe. Sie fragt mich, ob ich mich an dies oder jenes erinnere, aber sie stellt diese Fragen nicht in der quälenden Hoffnung, ein Anzeichen dafür hervorzulocken, dass irgendwo noch ein Rest Verstand haust. Sie ist nicht enttäuscht oder peinlich berührt wie andere, wenn sie nur Schwachsinn zu hören bekommt, wenn die Antwort auf ihre Frage «Erinnerst du dich an meinen Vater?» lautet: «Nein … ich erinnere mich nicht. Der war da … bei diesen Bäumen. Das sind ganz ver… vermeintliche Bäume.»

Annemarie scheint trotz allem Zuneigung und Nähe zu mir zu empfinden. Freundschaft. Und das ist es, was es mir so ekelhaft macht, auch sie zum Narren zu halten. Das ist es, was mich zweifeln und manchmal verzweifeln lässt.

85

Ich ging jeden Tag zu Fuß ins Städtchen, um einzukaufen. Den Gehstock brauchte ich nur im Winter. Ich grüßte und wurde gegrüßt. Meine Wohnung war ordentlich und sauber. Ich kochte und ernährte mich gesund. Ich funktionierte, und wer mich sah, hielt mich leicht für einen Mann, der im hohen Alter mit Glück gesegnet war. «Gute Gene», hieß es manchmal. Ich wüsste es nicht. Ich war der Erste in meiner Familie, der es mit einem langen Leben probierte.

Wahrscheinlich blieb sogar dir verborgen, wie es wirklich um mich stand, Sophie. Schon früher, wenn du deine Ferien allein bei mir und Großmutter verbracht hast, hat es immer ein bisschen Zeit gebraucht, bis wir uns wieder aneinander gewöhnt hatten, bis wir sahen, dass wir uns immer noch ausgezeichnet verstanden und unterhielten. Wir wurden beide älter, und ich war mir nie ganz sicher, ob dir dein Großvater nicht einmal langweilig werden würde. Vielleicht fiel es dir später, als Ursula tot war und auch Ferdinand nie mehr zu Besuch kam, gar nicht auf, dass ich mich erst nach einer Weile entkrampfte und meine Schweigsamkeit und Bitterkeit ablegte, dass es deine Magie war, die mich zurück ins Leben brachte für die Zeit, die du bei mir warst.

Ich wusch meine Wäsche, hängte sie auf und faltete sie. Ich spülte mein Geschirr von Hand, einen Geschirrspüler hatte ich mir nie angeschafft. Ich saugte die Wohnung, lüftete, goss die Zimmerpflanzen, machte mein Bett, schnürte meine Schuhe, schnitt mein Brot und trug die Grünabfälle zum Kompost hinter dem Haus. Ich zahlte meine Rechnungen, brachte die Briefe zur Post, ging zur Bank, um Geld abzuheben.

Die täglichen Arbeiten, die alle erledigen, bevor sie sich wichtigeren Angelegenheiten widmen können, waren für mich früher ein verhasstes, notwendiges Übel gewesen. Jetzt waren sie groteskerweise zu Aufgaben geworden, die mir die Tage wenigstens für wenige Stunden erträglich machten. Ich zögerte sie künstlich hinaus, widmete mich ihnen mit lächerlicher Sorgfalt. Ich sortierte am Morgen meine Post, machte Haufen aus Rechnungen und Werbung, die ich von vorn bis hinten studierte. Selten kam eine Postkarte. Wenn sie von Sophie kam, war es ein guter Tag. Ich trug die faltenfreiesten Hemden im Städtchen, tischte die saubersten Teller auf, legte mich am Abend ins einladendste Bett. Meine Zimmerpflanzen gediehen prächtig, weil ich ihre Blätter eins ums andere einmal wöchentlich mit einem feuchten Lappen abstaubte, und wenn irgendein Verkäufer anrief, um mir eine Versicherung oder eine Reise anzudrehen, dann kaufte ich zwar nichts, band den Anrufer aber länger ans Telefon, als ihm lieb sein konnte. Ich hasste es, mich mit den Nachbarn im Haus zu unterhalten.

Aber den Telefonverkäufer ließ ich nicht entkommen, bis er das Gespräch eigenmächtig beendete.

Ich versuchte, den Stunden möglichst wenig Raum zu geben, in denen ich in der Zeitung von der Fichenaffäre lesen musste, die mir zeigte, dass man sich in der Schweiz seit dem Anfang des Jahrhunderts keinen Schritt nähergekommen war, die Stunden, in denen ich im Fernsehen sah, wie im Balkan ein weiterer europäischer Krieg ausbrach und seine Opfer auch in die Schweiz schickte, nachdem Tito im Tod die Zügel über die Völker und Religionen der Region entglitten waren und auch westliche Optimisten einsahen, dass unter Titos Herrschaft viele Jugoslawen doch nicht so glücklich gewesen waren, wie man sich das gerne vorgestellt hatte. Und obwohl ein Telefongespräch mit einem Verkäufer für mich mittlerweile den Höhepunkt einer ganzen Woche ausmachen konnte, hielt mich das Andenken an meinen Vater davon ab, täglich zum Schliwowitza zu greifen.

86

Schauspieler wollte er jetzt werden. Mit achtunddreißig. Ich habe ihm nicht einmal besonders dringend abgeraten. Natürlich hielt ich die Idee für Irrsinn. Obwohl Pauls Leben noch von Unregelmäßigkeit geprägt war, war es jetzt, zumindest was sein Arbeitsleben betraf, seit einigen Jahren regelmäßiger unregelmäßig. Im Sommer arbeitete er seit ein paar Jahren bei einem Cateringunternehmen eines Bekannten. Im Herbst half er bei einem Gärtner aus, und im Winter servierte er im Café eines Freundes. Gleichzeitig schrieb er gelegentlich als Journalist Artikel für eine Zeitung. Ich glaube sogar, für verschiedene Zeitungen. Soweit ich verstand, machte er alles gern.

Ich grämte mich noch, weil ich mir immer gewünscht hatte, Paul würde seinen Weg doch irgendwann finden, eine Karriere machen und vielleicht sogar heiraten und eine Familie gründen. Aber ich hatte gelernt, diesen Gram zu kontrollieren. Ich hatte mich an den Gedanken gewöhnt, dass Paul seinen Weg vielleicht schon gefunden hatte.

Doch jetzt wollte er wieder einen neuen Weg einschlagen, und die Begeisterung, mit der er vom Schauspielern sprach, alarmierte mich eher, als mich zu freuen. Ich sah ihn wieder abrutschen in das Auf und Ab, in die Unstetigkeit, unter der er früher gelitten hatte. In den Enthusiasmus, auf den Verzweiflung und Verunsicherung folgten.

Ursula kritisierte Pauls Ideen nie. Ihr schien nicht wichtig zu sein, wie und wovon Paul lebte, solange er nur gesund war und mit uns in Kontakt blieb. Sie war noch immer fürsorglich und drängte Franziska und Paul unseren halben Kühlschrank auf, machte auch vor meinen Lieblingsspeisen nicht halt, wenn sie sich nach einem Besuch verabschiedeten. Aber wenn ich mit Paul über seine Zukunft redete, dann gab sie sich beschäftigt, spülte Geschirr, goss die Pflanzen auf dem Balkon oder trug Wäsche in die Waschküche.

Als Paul mit seiner Theateridee kam, war Ursula schon krank. Sie war zwar noch emsig, führte den Haushalt, aber sie war oft kraftlos, man merkte, wie alles sie anstrengte, dass sie viel Ruhe brauchte. Und so mühte sie sich auch an dem Tag, als Paul seine Idee in unserer Wohnung ausbreitete, auf den Balkon und goss die Blumen, die vom Herbst schon schwer angegriffen waren.

Paul hatte nie Theater gespielt. Einmal hatte er am Gymnasium bei einem Musical eine Rolle gehabt, daran Gefallen gefunden und war auch ganz gut darin. Aber sonst? Ich dachte mir: Wenn die Schauspielerei für jemanden eine Berufung ist, dann schließt sich dieser berufene Schauspieler einer Amateurtruppe an, übernimmt Statistenrollen. Wenn sich jemand wirklich fürs Theater interessiert, dann besucht er Vorstellungen und erzählt davon. Wenn jemand wirklich zum Schauspiel geboren ist, dann kommt er nicht mit achtunddreißig plötzlich auf die Idee, Schauspieler zu werden.

Aber nicht einmal das sagte ich. Ich sagte immerhin, dass es sehr schwierig sei, in diesem Alter noch Schauspieler zu werden, dass die wenigsten von ihrem Beruf leben könnten, dass seine Chancen als nicht mehr ganz junger, erfahrungsloser Quereinsteiger gering seien, dass die Ausbildung lange daure und teuer sei. Ich fragte, ob eine Schauspielschule überhaupt so alte Schüler aufnehme. Wir diskutierten. Er verteidigte seine Idee wie ein Löwe, wie es der junge Paul immer getan hatte. Wir sprachen bei verschiedenen Gelegenheiten darüber. Ich war skeptisch. Und so äußerte ich mich. Aber ich war nicht entrüstet oder entsetzt, ich wollte ihn nicht unter allen Umständen davon abbringen.

Und tatsächlich sprach Paul zwei Monate später nicht mehr vom Theater. Wir feierten seinen Geburtstag mit der Familie in unserer Wohnung. Paul sprach ungewöhnlich wenig. Er wirkte niedergeschlagen und unglücklich. Ich maß dem keine große Bedeutung bei. Es war wie früher. Auf den Enthusiasmus folgte die Verzweiflung.

Gedanken machte ich mir erst, als er sich zwei Wochen später vor den Zug warf.

87

Herr Kehr sitzt aufrecht im Bett. Mühsam bewegt er seine Beine über den Bettrand. Als sie endlich über dem Boden baumeln, bleibt er sitzen. Er fährt sich mit den Händen über das schweißfeuchte Gesicht, reibt sich die Augen und die Schläfen. Noch einmal verharrt er einen Augenblick und lässt seine Füße dann langsam in die Pantoffeln gleiten, die vor dem Bett bereitliegen. Er stützt sich mit den Händen auf und verlagert sein Gewicht auf die Füße. Vorsichtig macht er einen ersten Schritt in Richtung Badezimmer. Er geht unsicher in die Mitte des Zimmers und bleibt stehen. Seine Beine zittern, und plötzlich fährt er die Arme aus, um sich Gleichgewicht zu verschaffen. Er versucht, sein rechtes Bein zum nächsten Schritt auszustrecken, doch sein linkes Bein zittert, und Kehr trippelt an Ort und Stelle von einem Fuß auf den anderen. Dann gerät sein ganzer Körper in Schieflage. Er wirbelt mit den Armen durch die Luft, doch er kann sich nicht halten. Herr Kehr stürzt vornüber auf den Boden. Da bleibt er liegen, flucht zuerst und schreit dann.

88

Frau Klantsch ist hundertzwei. Sie ist die älteste Bewohnerin im Heim. Sie wohnt auf der obersten Etage. Eine beängstigende Greisin. Sie schreckt nicht davor zurück, sich hin und wieder im Protest kopfvoran aus dem Rollstuhl zu werfen. Letzte Woche zog sie sich eine Platzwunde an der Stirn zu, die genäht werden musste. Anscheinend war sie wütend, weil man sie nicht mit dem Zivildienstler ihre Gehübungen machen ließ. Frau Klantsch kann noch gehen, kleine, ungelenke

Schritte. Als würde sie sich langsam in eine Holzpuppe verwandeln. Zehn Schritte hin, ungefähr acht zurück. Sie legt großen Wert darauf, jeden Tag ihre achtzehn Schrittchen zu machen. Bisher hatte sie immer mit den Zivildienstlern spazieren dürfen. Jetzt meinen die Pflegerinnen, das sei ein nicht mehr tragbares Risiko.

Ich sah ihr grimmiges Gesicht nach dem Rollstuhlsturz. Blutüberströmt und voller Entschlossenheit. Eine Amazonenurgroßmutter.

Alle fürchten sich vor Frau Klantsch. Sie setzt ihren Rollstuhl als Rammbock ein und attackiert plötzlich und unerwartet, wenn man ihr im Weg ist, wenn man ihr zu nahe kommt oder weil sie noch eine Rechnung offen hat.

Ich versuche mir manchmal vorzustellen, wie mein Körper sich anfühlte, als ich noch jung war. Das ist sehr schwierig. Man gewöhnt sich so schnell an jede neue Zerfallserscheinung, dass sie sich schon nach kürzester Zeit anfühlt, als wäre sie immer da gewesen. Ich kann mich zwar im Geist verjüngen, kann mir mich als fußballspielenden jungen Burschen vorstellen, doch ich kann mir nicht vorgaukeln, mich tatsächlich jung zu fühlen. Ich sehe in Gedanken, wie ich mit dem Bein nach dem Fußball trete. Aber mein Bein ist zu alt und müde, als dass ich mir vorlügen könnte, es könnte noch so treten. Es liegt auf dem Bett und will in Ruhe gelassen werden. Mein Körper ist alt, und sein Alter hat meinen Kopf infiziert. Nicht einmal im Traum kann ich mich davon befreien. Auch durch meine Träume humple ich unsicher und wie auf Stelzen.

Ich bin gestürzt und habe mir den Beckenknochen gebrochen. Ein typischer Altmännerunfall. Ich musste liegen, liegen, liegen. Jetzt sitze ich im Rollstuhl. Jetzt ist es vorbei mit den Ausflügen, vorbei mit der Freiheit, die ich mir im freiwillig gewählten Gefängnis bewahrt habe.

89

«Beruhigen Sie sich, Frau Fasser», sagt Frau Feller ruhig.

«Jemand hat mir Geld gestohlen!», ruft Frau Fasser. «In meinem Portemonnaie in der Nachttischschublade war eine Hunderternote drin. Jetzt ist sie weg.»

Es ist ein Akt, der hier oft gespielt wird. Die Leute werden immer wieder bestohlen. Zumindest denken sie das. Möglicherweise ist es eine Generationsfrage. In meinen Tagen war ein Dieb etwas vom Schlimmsten, was man sich vorstellen konnte. Und im Alter, wenn man nichts mehr hat und nichts mehr ist, da ist einem das Portemonnaie das Heiligste im Universum, welches zugegeben in Pflegeheimen sehr klein ist.

Das Problem ist die Glaubwürdigkeit der Insassen. Es gibt sie nicht. Auch wenn ein Insasse nicht dement ist, es ist wie mit dem Hirtenjungen, der den Wolf einmal zu oft herbeigelogen hat.

Ich weiß, dass gestohlen wird. Einmal habe ich eine junge Auszubildende beim Stehlen beobachtet. Sie war in Herrn Tadiceks Zimmer und hat beim Abwischen des Nachttischs eine Zehnernote eingesteckt, die dort lag. Ich saß auf einem Sessel gegenüber vom Zimmer. Sie hatte mich beim Eintreten übersehen und die Tür nicht zugezogen. Als sie sich aber umdrehte und mich entdeckte, erschrak sie heftig. Sie schaute mich eine Weile lang an. Und ich sie. Dann eilte sie an mir vorbei aus dem Zimmer und verschwand hinter einer Ecke. Ich habe ihr einen Schrecken eingejagt. Aber sie wird sich gesagt haben: Der Kehr, der wird nichts, der kann nichts verraten.

90

Eine Pflegerin steht vor der Tür zu einem Zimmer auf der dritten Etage. Sie atmet ein paarmal tief ein, bevor sie die Tür öffnet. Eine Rauchwolke schlägt ihr entgegen. In einem Liegesessel am Fenster zieht ein kleiner, drahtiger, bärtiger Mann an einem Zigarrenstummel und inhaliert tief, bevor er eine gewaltige Rauchwolke gegen die gekippte Fensterscheibe bläst, wo sie aufprallt und sich in alle Richtungen verteilt. «Zeit für Ihr Morphium, Herr Oliver», sagt die Pflegerin. «Endlich», sagt er, und dabei strömt eine weitere Wolke aus seinem Mund. Er drückt die Zigarre im überquellenden Aschenbecher aus und zieht eine filterlose Zigarette aus dem Päckchen auf seinem Schoß, die er mit einem Streichholz anzündet. Die Zigarette knistert, als er daran zieht, bis ein Viertel der Zigarette abgebrannt ist. Rauch entweicht seinem Mund, während er sich die Tabletten aus dem Becher in den Rachen kippt. Mit einem Schluck Wasser, das ihm die Pflegerin in einem Glas reicht, schluckt er sein Morphin und den Rauch aus seiner Filterlosen hinunter.

91

Ursula war ein Stück Schwemmholz für mich, an das ich mich klammern konnte, als ich mich nach Pauls Tod in einem uferlosen Meer von Verzweiflung und Sinnlosigkeit treibend wiederfand. Wir trauerten gemeinsam. Ursula war von der Schicksalhaftigkeit von Pauls Selbstmord überzeugt. Und ihre Überzeugung schützte mich wie ein undurchdringlicher Mantel vor allen Selbstzweifeln und den Vorwürfen, die ich mir gemacht hätte und die mich zerrissen hätten. Sie war meine Vogelscheuche, die die Aasgeier der Schuld fernhielt, die mich mit ihren scharfen Krallen und Schnäbeln zerfleischen wollten. Ich taumelte durchs Leben, und Ursula war mein Spazierstock, auf den ich mich unbewusst bei jedem Schritt stützte, der verhinderte, dass ich fiel und in bodenloser Tiefe zerschmetterte.

Sie wurde kränker, die Therapien brachten nicht den erhofften Erfolg. Sie wurde noch schwächer. Ich kümmerte mich um sie, und möglicherweise rettete ich mir damit selbst das Leben. Ich weiß nicht, ob ich nicht dem Beispiel meines Onkels Alfred gefolgt wäre und mich erhängt hätte, wenn ich nicht meine Frau hätte pflegen müssen.

Bald nach Pauls Tod starb Ferdinand. Ich blieb übrig. Kein Freundeskreis mehr. Ein Freundespunkt. Und keiner, dem ich besonders freundlich gesinnt war.

Und dann starb Ursula. Sie ließ mich schutzlos zurück. Die Geier stürzten auf mich nieder, stießen mir ihre Krallen und Schnäbel in den Verstand. Sie pickten, hackten und rissen, und ich wehrte mich nicht. Ein Geierschwarm verfolgte mich, und mich wunderte, dass die Leute die Vögel nicht sehen konnten, wenn ich ins Dorf ging.

Es gab nur einen Menschen, nein, einen Engel, der die Geier vertreiben konnte. Wenn auch immer nur für kurze Zeit. Denn dieser Engel, meine Enkelin Sophie, konnte immer nur eine beschränkte Zeit bei mir verbringen. Wenn sie sich verabschiedete, stießen die Geier wieder herab.

92

Herr Kehr sitzt im Rollstuhl vor dem Fenster in seinem Zimmer. Sein Blick ruht auf den Grabsteinen, die im Friedhof auf der anderen Straßenseite aus dem Boden ragen. Dort drüben liegt Paul und wartet auf seinen Besuch. Herr Kehr bewegt sich nicht. Nur sein rechtes Bein zittert und lässt die Fußstütze des Rollstuhls quietschen.

93

Ein Pflegeheim ist ein Reagenzglas, in dem Chemikalien vermischt werden. Nur gibt es keinen Chemiker, der diesen Prozess überwacht und lenkt. Nur Pflegerinnen mit Feuerlöschern, die versuchen, den Schaden zu begrenzen, wenn die Stoffe miteinander reagieren und es zu einem Brand oder gar zur Explosion kommt. Doch auch der geschickteste Chemiker wäre machtlos im Umgang mit diesen Stoffen, die im Minuten- oder Sekundentakt ihre Eigenschaften ändern.

Am meisten Sprengstoff bietet das Aufeinandertreffen zweier oder mehrerer Dementer. Solange sie mit Gesunden zu tun haben, beruhigt es sie, dass sich ihr Gegenüber normal verhält, sinnvolle Sätze spricht. Wenn ihr Gegenüber aber auch von Trieben gelenkt wird, die in seinem Kopf herumgeistern und ihn zucken lassen, kann es vorkommen, dass die Triebe gegeneinander zucken. Und dann werden Abwehrmechanismen initiiert: schreien, schubsen, schlagen, beißen. Sie fluchen und schimpfen oder brabbeln oder sagen nichts und fuchteln mit den Armen.

Die Bewohner eines Pflegeheims sind nur flüchtige Bekannte. Sie sprechen über das Wetter und über das Essen. Ihre

Lebensgeschichten erzählen sie sich nicht. Die Geschichten sollen weiterleben, und die anderen Insassen sind ebenso zerbrechliche Gefäße wie sie selber.

Wir essen Tag für Tag im gleichen Raum, sitzen am selben Tisch, schlafen Tür an Tür oder teilen sogar ein Zimmer. Es ist eine große Wohngemeinschaft, wo man sich seine Mitbewohner nicht aussucht und mit Menschen zusammengepfercht ist, denen man aus dem Weg gehen würde, wenn man es könnte.

Liebschaften gibt es, Freundschaften weniger. Trotz aller räumlichen Nähe wahrt man den Abstand, den man früher vielleicht zu den Nachbarn gepflegt hat. Man weiß wohl, dass der Schöndorfer nicht mehr richtig tickt. Man sieht ihn herumirren und hört ihn lallen, aus der Distanz. Aber wenn er einem mit seiner Gehhilfe plötzlich gegen die Beine fährt oder einem in den Teller greift und sich das Kotelett schnappt, in das er seine Metallstumpfzähne schlägt, dann hört der Spaß auf. Dann kriegt man Angst oder Wut oder beides.

94

Als du gestern hier warst, Sophie, hast du mich erschreckt. Du warst auf meinem Bett, ich im Sessel. Du hast mir vom Kinderwagen erzählt, den ihr gekauft habt, und mir wieder einmal fröhlich klargemacht, dass ich bald Urgroßvater werde. Dann hast du plötzlich dein Gesicht verzogen und dich verkrampft. Du hast dir mit beiden Händen an den Bauch gegriffen, und ich machte mir Sorgen. So große Sorgen, dass ich laut um Hilfe rief. Es kam aber niemand. Ich wollte aus dem Zimmer rollen und jemanden holen, als du mir sagtest, ich solle bleiben. Gerade noch rechtzeitig. Ich überlegte mir nicht eine Sekunde, dass ich meine Tarnung riskiert hätte.

Es seien nur Übungswehen, hast du gesagt. Das komme vor. Der Bauch verkrampfe sich dabei. Ich konnte mich nicht erinnern, dass Ursula Übungswehen gehabt hätte, aber das ist auch lange her. Du sagtest, es sei ungefährlich, wenn sie nicht zu lange dauern. Du sagtest aber auch, dass du dir doch jedes Mal eine Frühgeburt vorstellst. Einige Minuten später ging es dir wieder gut.

95

Nach Pauls Tod merkte ich, dass ich meine Tochter vernachlässigt hatte. Paul hatte meine Aufmerksamkeit absorbiert. Wenn man sich nur ein wenig Zeit genommen hat, ihn genau anzuschauen, wenn man ein Auge für so etwas hatte, dann sah man den Zauber, der ihn umgab. Er war ein einzigartiges Exemplar einer Gattung, ein besonders schön gefiederter Vogel in einem Schwarm. Er fiel auf. Und vielleicht hatte der Tod deshalb so leichtes Spiel mit ihm – er hat sich schlecht getarnt.

Franziska war anders. Sie war gut und gesund. Sie haderte nicht, sie hinterfragte nicht, sondern nahm alles hin. Ich hatte mich nie genug für sie interessiert. Nach Pauls Tod versuchte ich, diesen Fehler wettzumachen. Ich versuchte, Franziska näherzukommen, und wollte offener und unvoreingenommen sein. Es funktionierte nicht. Franziska schien nicht daran interessiert, unsere Beziehung zu vertiefen. Ich weiß nicht, ob sie verstand, was ich wollte. Vielleicht verstand sie nur zu gut und befand, es sei zu spät für Reue und Wiedergutmachung, möglicherweise hätte ich direkter sein sollen, möglicherweise war es einfach zu spät. Und vielleicht hätte ich mich nur noch ein wenig länger bemühen müssen. Ich schäme mich zuzugeben, dass es mir nicht leichtfiel. Es war schön, dass sie mich besuchte und sich um mich kümmerte, aber ich erkannte darin immer Pflichtbewusstsein. Ich sehnte mich nicht nach ihren Besuchen. Und ich kann mir nicht vorstellen, dass sie sich darauf freute. Wir waren uns fremd, und der Grund für unsere Beziehung war, dass sie meine Tochter und ich ihr Vater war. Ich musste erst dement werden, damit wir nicht mehr zwischen uns standen.

96

Frau Zeller sitzt auf dem Sessel in Herrn Kehrs Zimmer und strickt. Er sitzt daneben im Rollstuhl und hält den Wollknäuel. Sie redet. Er hat die Augen geschlossen und sagt nichts.

97

Im ganzen Heim herrscht Rauchverbot. Es gibt ein Raucherzimmer im Keller. Die meisten rauchen aber vor der Eingangstür. Frau Stucki steht eigentlich immer als rauchender Vorposten da, wenn sie nicht im Zimmer ist, um das Plastikröhrchen in ihrem Hals auszuwechseln. Der Kehlkopfkrebs hat ihr die Freude am Rauchen nicht verdorben.

Herr Oliver ist der Einzige, der in seinem Zimmer rauchen darf. Er liegt da und leidet, bis er sein Morphium kriegt. Er versucht, sich möglichst schnell tot zu rauchen. Ich war gestern bei ihm. Ich habe mich hineingeschlichen. Ich habe schon bei anderer Gelegenheit versucht zu sehen, wer hinter dieser Tür lebt, wer nie herauskommt, aber ich wurde immer abgefangen. Gestern hat mich niemand gesehen, als ich ins Zimmer gerollt bin. Herr Oliver will keinen Besuch, das hat man mir oft genug gesagt. Zuerst wollte er mich hinausjagen. Er saß in seinem Liegesessel, dem Fenster zugewandt, und hat den hageren, bärtigen Kopf neben der Lehne seines Sessels herausgestreckt, bis er mich aus dem Augenwinkel gesehen hat. «Raus!», hat er mit heiserer Stimme befohlen. Aber nicht laut genug, dass ihn eine Pflegerin gehört hätte und gekommen wäre, um mich zu entfernen. «Verschwinden Sie!» Aber ich bin geblieben. Und dann hat er es aufgegeben und hat sich wieder seiner Aussicht gewidmet. Ich rollte mit meinem Rollstuhl neben ihn und hustete ein bisschen, als er mir eine Wolke Zigarrenrauch ins Gesicht blies.

Ich kenne Herrn Olivers Akte. Es steht wenig darin. Keine lebenden Angehörigen. Es steht, dass er niemandem von seinen Erlebnissen in Afrika erzählt. Er schweigt über seine lange Zeit bei der Fremdenlegion.

Ohne zu fragen, nahm ich das Zigarettenpäckchen, das auf seiner Armlehne lag, und zog eine Zigarette heraus. Er reichte mir das Streichholzbriefchen. Und dann saßen wir nebeneinander, starrten aus dem Fenster und waren still. Nur ich hustete immer wieder, als ich vorsichtig die erste Zigarette seit fünfzig Jahren rauchte. Beim Abendessen fürchtete ich dann, Annemarie könnte den Rauch in meinen Kleidern und meinem Atem riechen.

98

Meine Familie drängte mich zur Aktivität. Franziska und Sophie ermunterten mich, Ausflüge zu machen, zum Jahrgangstreffen zu gehen, eine Reise zu machen und endlich die Welt zu sehen, wie ich es mir früher immer gewünscht hatte. In den seltenen Familienferien waren wir nur bis nach Österreich, Italien und Frankreich gelangt. Sie schlugen mir Studienreisen nach Asien, Südamerika und Afrika vor, boten sogar an, mich zu begleiten.

Besonders rührend war in dieser Hinsicht Sophie. Sie wollte unbedingt mit mir verreisen. Sie hatte sich die Idee in den Kopf gesetzt, als sie ungefähr siebzehn war, und gab sie nicht auf, bis ich ins Pflegeheim musste.

Wie mich die Vorstellung beglückte, mit Sophie zu reisen. Ich verbrachte Stunden damit, im Atlas zu blättern. Ich stellte mir vor, wie wir in Safarikleidung im Jeep durch Afrika fuhren, vielleicht durch Uganda, wie wir Tiere beobachteten und abends am Lagerfeuer zusammensaßen und den furchteinflößenden und beglückenden Geräuschen der Wildnis lauschten. Oder wir flanierten in Indien über einen gigantischen Gewürzmarkt und freuten uns an Farben, Gerüchen und der Aufdringlichkeit der Verkäufer. Wir kauften einer Gruppe von Straßenkindern etwas zu essen und unterhielten uns später über Armut, Hunger und Ungerechtigkeit, bis es Zeit war, ins Bett zu gehen und vor dem Schlafen sicherzustellen, dass das Moskitonetz dicht war. Die Moskitos trafen wir auf den Flüssen und Seen Skandinaviens wieder, als wir in Kanus ruderten, fischten und dann wieder am Feuer saßen und von der Mitternachtssonne beschienen unsere Beute brieten.

Ich wurde wieder zum Tagträumer meiner Kindheitstage. Jetzt gab es keine Leute, die versuchten, sie mir auszutreiben. Jetzt gab es Leute, die mich drängten, sie zu verwirklichen. Aber meine Zeit war abgelaufen.

99

Herr Kehr sitzt am Fenster in seinem Zimmer und schaut zum Friedhof hinüber. Dann löst er die Bremsen des Rollstuhls, dreht sein Gefährt herum und rollt langsam auf die Zimmertür zu. Er drückt die Klinke und zieht die Tür auf, bis sie gegen die Fußstützen schlägt. Es dauert eine Weile, bis er umständlich ein paar Zentimeter zurückgefahren ist, die Tür ein wenig weiter geöffnet hat und langsam in den Gang hinausrollt. Er bewegt sich in Richtung von Frau Zellers Zimmertür. Plötzlich lässt er seinen Rollstuhl ausrollen, bleibt eine Minute mitten im Gang stehen und wendet dann wieder, um in sein Zimmer zurückzurollen, die Tür zu schließen und seinen Platz vor dem Fenster einzunehmen.

100

Hallo, Kätzchen. Ich komme dir nicht entgegen. Es würde dich erschrecken. Siehst du meinen neuen Sessel? Er ist unbequem. Er wäre es auch, wenn er eingesessen wäre. Rollstühle lassen sich nicht einsitzen. Rollstühle sind immer unbequem. Es ist nicht mehr so einfach, um meine Beine zu streichen, nicht wahr? Du beschnupperst die Stahlröhren meines Stuhls. Was riechst du? Wen riechst du? In diesem Rollstuhl haben schon viele Tote gesessen.

Die ersten Wochen nach dem Unfall waren besonders schlimm. Ich lag im Bett und hatte Schmerzen. Man gab mir Medikamente, aber ich verweigerte manches. Ich brauchte einen klaren Kopf. Viel genützt hat es nicht, das Denken. Zumindest bis jetzt nicht.

Als meine alten Knochen wieder einigermaßen zusammengewachsen waren, setzte man mich in den Rollstuhl. Und dann begann die Physiotherapie. Ich weiß nicht, ob die Therapeutin die Hoffnung hegt, ich könnte eines Tages wieder gehen. Mit dieser Vorstellung versucht sie mich jedenfalls immer noch zu motivieren.

Es muss frustrierend sein, wenn man als Physiotherapeutin im Pflegeheim arbeitet. Der größte erreichbare Erfolg besteht darin, den Zerfall ein wenig zu verlangsamen. Wenn sich ein Defekt in einen alten Körper eingeschlichen hat, dann ist er gekommen, um zu bleiben. Man kann sich nur besser oder schlechter mit ihm arrangieren. Gehhilfen, Rollstühle und Morphium sind die Mittelchen, das Zaumzeug, mit dessen Hilfe man ihn zu bezähmen sucht.

Ich wusste nicht, ob ich wieder gehen wollte. Ich wusste nicht, ob ich noch leben wollte. Ich wusste nicht, ob ich meine verbleibenden Tage mit meiner Lüge leben wollte. Ich weiß es immer noch nicht.

Mit zunehmendem Alter habe ich mich immer mehr gestört an der Welt, die mich umgab. Es mangelt mir an Weisheit. Die Altersmilde wollte und wollte sich nicht einstellen. Lange Jahre hatte ich gedacht, es gelte, alles Frustrierende, was das Menschenleben mit sich bringt, einfach nicht besonders ernst zu nehmen. Das war meine Lösung. Die einzige Antwort auf die Frage, wie das Leben auszuhalten sei. Leider merkte ich irgendwann, dass diese Antwort mich nicht mehr befriedigte, dass ich es nicht schaffte, humorvoll zu bleiben. Aus Ironie wurde Sarkasmus, und ehe ich mich versah, war ich ein alter Zyniker. Ein Zyniker im Herzen zumindest, denn ich versuchte, meine Mitmenschen nach Möglichkeit zu verschonen.

Die Kriege, die ich miterlebt habe, die grenzenlose Grausamkeit, die Lust an der Grausamkeit, mit der Menschen einander misshandeln, hungernde Kinder mit aufgeblähten Bäuchen im Fernsehen und das Gekreisch der dicken Kinder der Nachbarin, die sich auf dem großen Parkplatz vor dem Haus um Spielzeuge balgten. Plötzlich waren mir auch die Hochhäuser zuwider, die überall in den Himmel schossen und Bäume und Wiesen fraßen. Seit den frühen Siebzigerjahren las ich von Wissenschaftlern, die von der Endlichkeit der Ressourcen redeten, während immer mehr und größere Autos mit immer dickeren Menschen hinter dem Steuer durch die Straßen rollten. Ich erwartete nicht, dass der Mensch sich ändern würde. Meine Erfahrungen machten mir den Menschen im Rudel ekelhaft. Noch schmerzhafter war aber die Erkenntnis, dass mir auch einzelne Menschen meistens zuwider waren.

101

Zeitungen sind beliebt. Sie machen rund fünfzig Prozent der Unterhaltung aus, die den Dementen geboten wird. Bei einigen sind es mehr, bei anderen weniger. Der große Vorteil der Pflegeheimzeitungen ist, dass sie immer aktuell sind, unabhängig von ihrem Erscheinungsdatum, unabhängig davon, wie oft ein Dementer sie schon gelesen – oder besser: durchgeblättert – hat.

Ins Pflegeheim werden nur Lokalzeitungen geliefert. Ich bin der Einzige auf der Etage, der auch andere Zeitungen erhält. Das habe ich meiner Tochter zu verdanken, die meine Abonnements weiterlaufen ließ, weil sie wusste, dass ich jeden Morgen die *Neue Zürcher Zeitung* und den *Tagesanzeiger* las. Dass meine Zeitungsabos weiterhin erneuert werden, erreiche ich mit öffentlich zur Schau gestelltem Interesse daran. Wirklich lesen tue ich sie dann im Zimmer. Auch wenn mich die Lokal-, National- und Weltgeschehnisse nicht mehr betreffen, lese und verfolge ich die Artikel gespannt. Manchmal fühle ich mich dabei wie der Besucher vor dem Affengehege. Ob es einen ekelt oder amüsiert, wenn sich die Affen mit Kot bewerfen, ist wahrscheinlich einfach eine Einstellungssache.

Wenn also am Morgen die Zeitungen kommen, werden sie von einer Pflegerin oder meistens von Daniel beim Empfang unten geholt. Dann verteilt Daniel sie auf der Etage. Manche Insassen kriegen ihre persönlich adressierte Zeitung mit der restlichen Post. Zusätzlich gibt es fünf Zeitungen, die für die Allgemeinheit bestimmt sind.

Ach, es ist Stoff für eine göttliche, eine teuflische Komödie, was sich hier allmorgendlich im Gemeinschaftszimmer abspielt. Daniel tritt auf. In der rechten Hand hält er die fünf Lokalzeitungen. Die ersten Insassen registrieren ihn, erste Blicke mustern ihn neugierig. Daniel stellt sich in die Mitte des Raums, blickt triumphierend um sich und fragt dann in die Runde: «Wer möchte gern die Zeitung lesen?»

Es bleibt still, weil Herr Tadicek Daniels Frage nicht gehört hat.

«Die neue Zeitung ist da, wer möchte gerne die neue Zeitung lesen?!», wiederholt dieser seine Frage deshalb lauter und in Herrn Tadiceks Richtung.

«Ja, ich! Ich möchte die neue Zeitung, bitte!», ruft Herr Tadicek begeistert.

«Die Zeitung sollen wir lesen? Dann geben Sie diese neue Zeitung halt einmal her», sagt Frau Steinmann, eine Frau, deren Gefühlslage dauernd zwischen Wohlbefinden und Freundschaft zu allen und dem Gefühl, bedroht zu sein, ungerecht behandelt und von allen Seiten angefeindet zu werden, schwankt. «Dann lesen wir die halt. Man muss ja hier sowieso alles selber machen», murmelt sie.

«Daniel, du weißt doch, dass ich keine Zeitung lesen kann», beschwert sich Frau Tüsser. «Meine Augen sind kaputt. Total kaputt. Ich sehe doch fast nichts mehr. Und wenn ich lese, kriege ich immer sofort fürchterliche Kopfschmerzen.»

«Frau Tüsser, Sie wissen, dass Sie unsere Mitarbeiter hier siezen müssen», ermahnt Frau Feller.

«Ja, Entschuldigung», sagt Frau Tüsser reuevoll.

«Da ist einer gestorben!», ruft Frau Steinmann.

«Nein, da ist niemand gestorben, Frau Steinmann. Das Fleisch im Laden war verdorben», erklärt Frau Matic.

«Ach so, verdorben … verdorben war das Fleisch … Sie sind auch ein bisschen verdorben, denke ich manchmal.»

«Sie könnten mir ja vielleicht ein bisschen vorlesen», schlägt Frau Tüsser Daniel vor.

«Erst muss ich noch die Zeitungen verteilen», sagt der und hofft, dass Frau Tüsser an etwas anderes denkt, wenn er seine Zeitungen verteilt hat.

Herr Kehr erhält auch eine Zeitung.

«Ich will die Kontaktanzeigen!», brüllt Widmer, schlägt Herrn Tadicek, der dabei hochschreckt und seine Zeitung fallen lässt, auf die Schulter und prustet los.

Frau Feller hebt die Zeitung auf und gibt sie Herrn Tadicek zurück. Daniel reicht dem verwirrten Herrn Meier eine Zeitung. Dieser hält sie sich interessiert vors Gesicht. Jetzt muss Daniel bei Herrn Kehr intervenieren, der seine Zeitung scharf fixiert und sie Seite für Seite bedächtig in dünne Streifen reißt.

«Da ist einer gestorben!», ruft Frau Steinmann.

«Nein, Frau Steinmann. Verdorben. Das Fleisch war verdorben. Das Fleisch im Supermarkt», klärt Frau Matic auf.

«Ach so … verdorben. Verdorbenes Fleisch … ja, das sieht man hier häufig … verdorben.»

«Ach, Herr Meier, schauen Sie mal. Sie halten die Zeitung

verkehrt herum», sagt Daniel und versucht, Herrn Meiers Zeitung um hundertachtzig Grad zu drehen. Herr Meier will seine Zeitung aber nicht hergeben.

Herr Zimp betritt den Aufenthaltsraum. Es ist aber keine Zeitung für ihn übrig. Er muss warten.

«Du wolltest mir doch vorlesen, Daniel», sagt Frau Tüsser.

«Sie müssen unsere Mitarbeiter siezen, Frau Tüsser, das haben wir doch eben schon besprochen», ermahnt Frau Feller.

«Stimmt, das habe ich vergessen», raunt Frau Tüsser und senkt reuevoll ihr Missionarinnenhaupt. «Aber wissen Sie, mein Kopf, mein Kopf. Es ist einfach nicht mehr dasselbe. Der Herrgott ruft mich. Ich kann ihn schon rufen hören. Aber lesen Sie mir jetzt vor?»

«Ich komme gleich, Frau Tüsser. Ich muss noch schnell Tee kochen. Es hat keinen Tee mehr.»

102

Jeder, der zu Besuch kommt, interessiert sich immer auch für die Pflegerinnen. Man weiß ja, dass Menschen im Pflegeheim nicht die goldenen Jahre erleben. Weshalb hätte man sonst ein schlechtes Gewissen? Und mit besonderer Aufmerksamkeit, mit Argwohn oder Wohlwollen, beobachtet man die Pflegerinnen. Hoffentlich sind sie nett. Denn dann kann man dem alten Familienmitglied fröhlich zurufen: «Frau Feller ist aber wirklich sehr nett, gell?» Und ich murmle dann: «Schöne Brüste hat sie auf jeden Fall. Aber sie schnarcht.»

Auch du hast deine Bewunderung geäußert, Sophie. Deine Bewunderung, aber auch deine Skepsis, ob du zu dem Beruf taugen würdest.

Besonders auf der Demenzabteilung muss es wahnsinnig

schwierig sein. Eine Dementenpflegerin hat keine Zeit für eigene Gedanken, außer vielleicht auf der Toilette. Es gibt kaum eine ruhige Minute. Das würde mir am meisten zu schaffen machen. Ein Bauarbeiter kann sein Straßenstück walzen und dabei ein bisschen abschalten. Ein Schreiner kann in sich versunken ein Brett sägen. Der Bauer beim Heuen, der Journalist beim Schreiben, der Bäcker beim Teigkneten, sie haben alle Zeit für ihre Gedanken. Die Pflegerin nicht. Sie muss ständig aufmerksam sein, jedes Stolpern registrieren, bevor ein Fuß seinen sturzbringenden Schritt vollenden kann, den Stuhl unterschieben, bevor der spröde Hintern den Boden berührt, wo die Hüfte bricht. Sie muss ständig bereit sein, mit sinnlosen Fragen gelöchert zu werden, mit Hirngespinsten, die sie tausendmal gehört und zerstreut hat. Sie muss ständig nett antworten, besänftigen, beruhigen. Sie muss permanent beruhigend wirken. Und dafür muss sie ruhig sein. Doch auch sie ist ein Mensch mit einem Leben. Auch sie hat einen Ehemann, der mit einer anderen schläft, einen Sohn, der keine Lehrstelle findet, eine Tochter, die sich ein Kind wegmachen lassen muss, einen Vater, der dement wird.

Ich habe gehört, dass der Vater einer Pflegerin auf der Demenzabteilung an Alzheimer erkrankt ist. Sie hat ihn zu sich nach Hause geholt, den Vater. Stell dir das vor, Sophie. Stell dir vor, du müsstest den ganzen Tag lang Schwachsinn ertragen. Und dann, endlich Feierabend, gehst du heim zum Schwachsinndessert.

103

All das Geschwafel. Pausenloses, enthemmtes Geschwafel, das wie schwefliger Rauch aus den Mäulern geschleudert wird, ein Abfallprodukt irgendwelcher inneren Prozesse, Abgas, das die Atmosphäre verpestet.

Ich hatte dieses Geschwafel satt. Es durchdrang mich, verfolgte mich, mir wurde übel davon.

Was fauchst du, Kätzchen? Ah, ich ahne es. Der Therapiehund ist da. Diese Frau ist mit ihrem Hund gekommen, auf den sie so stolz ist. Er soll die Insassen ein wenig aufmuntern. Sie sollen ihn ein wenig streicheln und loben. Dann fühlt sich auch seine Herrin gestreichelt und gelobt. Keine Angst, Kätzchen, zu mir kommt sie nicht. Die Dame weiß um meine Unduldsamkeit ihrem Hund gegenüber. Ich habe es ihr zu verstehen gegeben, friedlich, aber bestimmt, mit einem Gläschen Tee als Hundedusche. Ja, so ist es gut, entspann dich wieder.

104

Gestern haben wir einen Ausflug gemacht. Die Plätze sind beliebt, aber ihre Anzahl ist beschränkt, weil der heimeigene Bus nur über acht Sitze und drei Rollstuhlplätze verfügt. Es wird genau Buch darüber geführt, wer wann mitdarf. Daraus ergibt sich, wer beim kommenden Ausflug an der Reihe ist und wem die Hoffnung bleibt, er sei bis zur nächsten oder übernächsten Fahrt noch am Leben. Ich habe es Annemaries Charme und Frau Matics romantischer Ader zu verdanken, dass ich mitdurfte. Frau Matic hat Annemarie gefragt, ob sie Interesse hätte am Besuch der großen Albert-Anker-Ausstellung. Große

Lust habe sie, und ob Herr Kehr auch mitkomme? Eigentlich ja nicht, weil ich erst vor sechs Wochen am See war, aber da Frau Matic es so süß findet, wie sich Annemarie um mich kümmert, und diese eine so liebenswürdige Dame ist, hat sie eine Ausnahme gemacht.

Annemarie saß zuhinterst rechts, und Frau Matic hat persönlich sichergestellt, dass mir das Privileg zukam, als Letzter auf die Rampe gerollt, in die Höhe gefahren und im Mittelgang am Boden festgezurrt zu werden. So saß ich direkt neben Annemarie, und ich weiß schon gar nicht mehr, wer bei der Hin- oder Rückfahrt links von mir saß.

Annemarie war ausgesprochen gut gelaunt, und ich gab mir alle Mühe, nicht ununterbrochen zu lächeln, als sie mit mir redete.

«Jetzt schau dir einmal dieses Haus an», sagte sie. «Alles aus Glas. Das würde mir auch gefallen. So viel Licht.»

Und ich sagte: «Mhm.»

Und später sagte sie: «Siehst du dieses Rapsfeld? Sonnenblumenfelder sind auch sehr schön. Aber das schönste Gelb haben Rapsblüten.»

Und ich sagte wieder: «Mhm» und hätte ebenso gut dement wie nicht dement sein können, denn unser Gespräch klang, wie die Gespräche von alten Ehepaaren immer klingen, wenn sie einen Ausflug unternehmen.

Dann waren wir beim Museum und wurden ausgeladen. Annemarie stellte sich hinter meinen Rollstuhl, und der Zivildienstler half zwar schieben, als es die Rampe zum Museumseingang hochging, aber dann übernahm sie wieder und sagte: «Es ist für mich ganz angenehm. Dann kann ich mich ein bisschen aufstützen.»

Weil der Ausstellungsraum gut überschaubar war, verteilte sich unsere Gruppe schnell, und Annemarie und ich schauten uns die Bilder nur zu zweit an. Ab und zu kam Frau Matic, um zu sehen, ob alles in Ordnung war.

Und dann begann der alte Meister zu wirken. Ich sah in *Das Mädchen mit den Dominosteinen* mein Schwesterchen Marie, die nie zum *Erdbeer-Mareili* werden konnte, weil sie so jung starb. Im *Kinderbegräbnis* wurde sie beigesetzt. Der Mann, der auf dem Bild das Grab geschaufelt hat und sich mit hängenden Schultern auf die Schaufel stützt, war natürlich derselbe wie *Der Trinker*, zu dem mein Vater wurde. Die *Junge Mutter, bei Kerzenlicht ihr Kind betrachtend* war meine eigene Mutter, die sich in ihrer Trauer über den verbleibenden Sohn beugte. *Die Dorfschule* meine alte Dorfschule, der Lehrer mein Lehrer, die Rute in seiner Hand für mich bestimmt. Auch der übellaunige Stiefvater erschien mir, und zwar als *Mann beim Suppe essen*. Da war ein *Schlafender Knabe im Heu*, der mich an meine harten Streunermonate erinnerte. *Die Badenden* sowie *Tee und Schmelzbrötchen* riefen Bilder aus der Zeit bei den Brullers wach. *Die Ziviltrauung* zeigte Ursula und mich. Ihre Eltern waren auch im Bild, meine fehlten. Die brave Franziska konnte ich als *Schulmädchen bei den Hausaufgaben* beobachten, und ein *Schreibender Knabe*, der so verträumt über Heft und Bücher hinwegsah, der konnte niemand anderes sein als Paul.

Annemarie merkte wohl, dass ich traurig wurde. Sie redete nicht mehr viel, aber wenn wir vor einem Bild standen und sie merkte, dass ich länger verweilen wollte, dann legte sie mir eine Hand auf die Schulter.

Auch auf dem Heimweg waren wir still. Ich dachte darüber nach, warum ich auf keinem der Bilder Annemarie erkannt hatte. Und dann verstand ich es. Annemarie war keine Erinnerung. Sie saß lebendig neben mir. Und als wir den See entlangfuhren, derselbe See, an dem wir uns vor Jahrzehnten kennengelernt haben, legte sie ihre Hand auf meine.

105

Daniel schob Herrn Kehrs Rollstuhl mit der einen Hand, an der anderen hielt er Frau Steinmann, die ihrer Körperfülle wegen mit kleinen Schritten neben ihm herwatschelte.

«Geht es, Frau Steinmann?», fragte Daniel.

«Du musst mich nicht Frau Steinmann nennen. Ich bin ja kaum älter als du. Ich bin immer noch die Vreni.»

«Wurden Sie Verena getauft?»

«Ja, getauft, getauft schon, ja, sicher. Aber jetzt … wo sollen wir jetzt durchgehen? Da vorne beim Baum, da können wir raus und ins Café. Bei diesem Tor da.» Sie wies auf das mit einem Code gesicherte Tor, das aus dem Garten zur Terrasse der Cafeteria führte.

«Kommen Sie, wir setzen uns dort hinten auf die Bank», sagt Daniel.

«Auf die Bank? Aber im Café ist es doch viel schöner.»

«Wissen Sie, es ist ein bisschen schwierig, da mit dem Rollstuhl durchzukommen.»

«Jetzt sagen Sie nicht immer Sie. Ich bin Vreni. Da kommt man doch gut durch mit dem Rollstuhl. Da hat es ja einen Weg. Ich bin Vreni.»

«Aber schauen Sie, da bei der Bank ist es schön schattig von diesen großen Tannen. Hören Sie die Amseln singen? Dort in den Bäumen.»

«Ich bin Vreni. Ich bin doch kaum älter als du. Die Amseln höre ich. Natürlich höre ich die Amseln. Die können sehr schön … sprechen. Die Amsel ist überhaupt ein anständiges Tier.»

106

Lorenza Fassbinder war ein trauriger Fall. Sie kam, als sich ihr Ehemann nicht mehr um sie kümmern konnte. Ich war auf der Demenz, als er sich von ihr verabschiedete.

Man sah ihr an, dass sie nicht verstand, wo sie war. Sie verstand nicht, weshalb ihre Kleider in einem fremden Zimmer in einen Schrank gelegt wurden. Aber ihr Mann war ja bei ihr. Sie verstand nicht, weshalb sie in einen Raum geführt wurde, wo andere alte Menschen saßen, was all die Frauen herumfuhrwerkten, die wie Krankenschwestern angezogen waren oder wie Pflegerinnen in einem Altersheim. Man brachte ihr Kaffee, ihr und ihrem Mann, der aufgewühlt wirkte und sich mit der Frau unterhielt, die den Kaffee brachte. Es verwirrte sie, dass ihr Mann ihre Hand streichelte und weinte, als er sich zum Gehen wandte. Sie stand auf und folgte ihrem Mann. Eine Krankenschwester nahm sie beim Arm und wollte sie zum Bleiben überreden, aber sie konnte nicht bleiben. Es war sicher schon Zeit fürs Mittagessen. Sie verstand nicht, weshalb ihr Mann nicht auf sie wartete, weshalb er die Tür hinter sich zufallen ließ, die ihm eine Krankenschwester aufhielt, wo er ihr die Tür doch sonst immer aufgehalten hatte. Sie verstand auch nicht, weshalb sie die Tür nicht öffnen konnte, weshalb ihr Mann hinter dieser Glastür stand und schluchzte, ihr winkte und die Kusshand zuwarf. Sie verstand nicht, warum die Krankenschwester neben ihr ihrem Mann bedeutete zu gehen und warum er sich tatsächlich abwandte und die Treppe hinunterging.

Sie stand vor der Glastür und blickte dahin, wo ihr Mann eben noch gestanden hatte. Die Pflegerinnen versuchten, sie von der Tür wegzubringen. Eine nach der anderen versuchte es, alle zusammen versuchten es, lockten mit Mittagessen, Kaffee, Kuchen, Gesang, Büchern, Musik und Gesprächen. Sie fassten sie beim Arm und wollten sie sanft von der Tür wegziehen, dann auch weniger sanft. Frau Fassbinder ließ sich nicht bewegen. Sie weigerte sich, von ihrem Platz vor der Glastür wegzugehen. Also ließ man sie stehen, schaute nach ihr, versuchte alle Viertelstunden, sie zu etwas zu überreden. Frau Fassbinder stand den ganzen Tag vor dieser Glastür und starrte auf die Treppe. Sie aß nichts zu Mittag und nichts zu Abend. Um zehn Uhr gelang es den Pflegerinnen, ihr mit einem Tee ein Schlafmittel einzuflößen. Dann legte man sie ins Bett.

Der erste Abschied ist immer schwer. Normalerweise gewöhnen sich neue Insassen nach ein bis zwei Tagen einigermaßen an die neue Umgebung. Frau Fassbinder blieb vier Tage lang im Pflegeheim. Sie stand in dieser Zeit zwar nicht mehr ununterbrochen vor der Tür, aber sie fragte ständig nach ihrem Mann, und vor allem aß sie nichts und trank nur wenig. Nach vier Tagen wurde sie in die psychiatrische Klinik gebracht. Zwei Tage später hörte ich Frau Matic sagen, sie sei dort gestorben.

107

«Die Amsel ist überhaupt ein anständiges Tier.» So hat es Frau Steinmann gesagt. Es ist einer der schönsten Sätze, die ich je gehört habe.

Anfangs empfandest du Scheu. Man weiß nie, ob ein merkwürdiges Verhalten der Krankheit geschuldet ist oder schon vorher da war. Du verspürtest wohl auch ein wenig Ekel vor dem Pflegeheim und seinen welkenden, entstellten, schuppenden Insassen, vor diesen eruptierenden Exkrementevulkanen, wenn du mich hier besuchen kamst. Die abgestandene Luft, die unangenehmen Gerüche hingen auch mir noch lange in der Nase, wenn ich wieder einmal zu einem Spaziergang ausbrach.

Mittlerweile bist du eine Insassen-Habituée, wie sie im Pflegeheimbilderbuch steht. Du kennst und grüßt die Pflegerinnen und den Zivildienstler. Daniel ist leider weg, ich vermisse ihn, der Neue im Vergleich so nützlich und charmant wie ein Kartoffelsack. Du schenkst den Insassen ein Lächeln, grüßt sie mit Namen, erfreust sie mit einem guten Wort. Manchmal bin ich sogar ein bisschen eifersüchtig. Zum Beispiel, als du dich gestern so lange und angeregt mit Annemarie unterhalten hast. Ich saß daneben, zusammengekauert in meinem Rollstuhl, und konnte nicht aktiv teilhaben. Wir sitzen jetzt meist zu dritt, wenn du mich besuchst. Ihr habt gelacht. Ich hätte gern mitgelacht. Ich musste mich sogar ein paarmal beherrschen. Es war gut, dass ihr euch so gut unterhalten habt. Ich musste mich auf meine Trauer konzentrieren, auf meine Frustration, nicht mit euch lachen zu können. Ich musste ein wenig im tiefen Bodensatz der negativen Gefühle rühren und sie aufwühlen, damit sie bis ins Gesicht hochstiegen und mir das Lachen verging.

Und dann hast du plötzlich meine alte Fuji-Kamera aus deiner Tasche gezogen und hast Annemarie angewiesen, näher zu mir zu rücken. «Cheese.» Und dann das altbekannte Klicken.

108

Früher zogen die Alten zu ihren Kindern, wenn sie ihre Selbständigkeit überdauerten. Die Mutter meines angeheirateten Onkels verbrachte ihren Lebensabend im Haus. Ihr Einzug verschlechterte meine Lage. Vom Herbst bis in den Frühling saß sie den ganzen Tag lang auf dem Ofenbänkchen in der

Ecke der großen Wohnküche. Es war, als bräuchte sie die Wärme des Ofens, als wäre der Ofen ihre lebenserhaltende Maschine, mit der sie zu jeder Zeit verbunden sein musste.

Abends, bevor die Großmutter ins Bett gebracht wurde, legten meine Tante oder einer der Söhne mit Kirschsteinen gefüllte Stoffsäcke, die auf dem Ofen gelegen hatten, in ihr Bett. So kam sie durch die Nacht. Die warmen Kirschsteinsäcke versorgten ihren Körper unter der Decke mit Wärme, ohne die sie wohl erfroren wäre. Am Morgen ächzte und stöhnte sie, bis sie wieder bequem saß, bis sie wieder mit dem Ofen verbunden war, bis die Wärme ihre Kleider durchdrungen hatte und regelmäßig in ihren Organismus strömte.

Sie hasste mich, und ich hasste und fürchtete sie. Wie viele Stunden brachte ich vor dem Einschlafen mit süßen Mordphantasien zu! Sie hielt ihren Gehstock in ihrer verkrüppelten alten Hand, und wenn ich unvorsichtig in ihre Reichweite kam, schlug sie nach mir.

Vielleicht hasste sie mich, weil ich ein Konkurrent war, weil ich genau wie sie auf die Barmherzigkeit der Familie angewiesen war, bei der wir wohnten. Ich war zuerst dort gewesen. Sie glaubte, mehr Anrecht auf Barmherzigkeit zu haben.

Natürlich fluchte der Familienvater immer wieder über mich, über den faulen Apfel, der nicht weit vom Stamm gefallen war, über meine Nichtsnutzigkeit, über mein gefräßiges und vorlautes Maul. Es ist möglich, dass meine Tante ihn einmal darauf hinwies, dass auch seine Mutter eine Last sei, wenn er es wieder bunt mit mir trieb, mich prügelte und meine verdorbene Herkunft verfluchte, was meine Tante doch hie und da beleidigen musste, auch wenn sie mit ihrem Mann darin einig ging, ihr Bruder sei ein Nichtsnutz gewesen. Ich weiß es nicht mehr, aber es ist möglich, und vielleicht hörte die Großmutter diesen Kommentar.

Möglicherweise fühlte die teuflische alte Großmutter in ihren klapprigen Knochen auch bereits, dass sich die Zeiten änderten, vielleicht ahnte sie, dass sie eine der letzten alten Frauen war, die noch bei ihren Kindern wohnte, dass den Kindern bald die Zeit und der Platz fehlen würden, sich um ihre unselbständigen Eltern zu kümmern. Und aus Angst prügelte sie auf das einzige noch schwächere Glied in der Familienkette ein.

109

Vielleicht erinnerst du dich noch an den Abend, Sophie. Es war einige Monate, bevor ihr mich ins Pflegeheim gebracht habt. Vielleicht erinnerst du dich, weil ich gesprächiger war als sonst. Verdächtig gesprächig. Ich erwähnte ganz nebenbei, dass ich mir überlege, mich nach einem Pflegeheim umzusehen. Nur um vorbereitet zu sein, falls es nötig würde. Ihr habt entrüstet geantwortet, ich müsse mir darüber keine Gedanken machen. Ich sei ja noch in bester Form, körperlich wie geistig.

An jenem Abend habe ich gegärtnert. Ich habe in euren Gehirnen den Samen gepflanzt, der später verhindern würde, dass die Option, Franziska und Hans könnten mich bei ihnen aufnehmen, überhaupt in Betracht gezogen würde. Nicht dass ich es erwartet hätte – es wäre für Franziska sehr unangenehm gewesen. Hans hätte es das Leben zur Hölle gemacht. Ihm wollte ich ein hieb- und stichfestes Argument liefern, falls Franziskas Pflichtgefühl doch stärker gewesen wäre als ihr Unwille. Bei ihr konnte man nie wissen. Ich musste sichergehen, dass ich auf alle Eventualitäten vorbereitet war.

110

Könnte ich meine letzten Tage, Wochen oder Monate tatsächlich noch glücklich sein?

Natürlich habe ich mir vor meinem Eintritt Gedanken darüber gemacht, wie das Leben wohl wäre, wenn ich meine Mobilität einbüßen, wenn ich plötzlich im Rollstuhl landen würde oder sogar nur noch liegen könnte. Eine beängstigende Vorstellung. Andererseits war ich damals noch beweglich. Alt und gebrechlich, wie man es im Alter ist, aber doch beweglicher als die meisten. Ich war mein Leben lang ein Fußgänger gewesen, Ursula und ich spazierten fast jeden Abend. Als sie gestorben war, spazierte ich allein rund um die Stadt. Bei jeder Witterung. Am liebsten bei Regen und Wind, wenn die Luft rein war.

Eine gewisse Angst war also da, aber sie konnte mich nicht abhalten. Die Aufregung war zu groß. Die Aufregung, welche die Aussicht auf ein letztes Abenteuer in mir hervorrief. Und ich vertraute auf meine geübten Beine.

Ich wollte noch einmal etwas tun. Im Alter wiederholt man für gewöhnlich nur, was man schon gestern, was man letzte Woche getan hat. Man hat gelebt, davon zeugen die verstaubten Fotoalben. Der Staub dringt in die Fotos ein, legt sich auf die Erinnerungen und fängt an, das Leben zuzudecken. Man bewegt sich nicht mehr, man wirbelt den Staub nicht mehr auf.

Einmal habe ich Paul beobachtet, als er im Sandkasten mit einem Borkenkäfer spielte. Er ließ Sand aus seiner Faust auf den Käfer fallen und schaute zu, wie sich dieser aus dem Sand herausstrampelte. Irgendwann wurde ihm langweilig, und er bedeckte den Käfer mit einer großen Handvoll Sand. Er wartete. Wir warteten beide. Dem Käfer gelang es nicht, sich aus eigener Kraft zu befreien. Schließlich grub Paul ihn aus, und ich war stolz, dass er ihn nicht lebendig begraben sein ließ.

Paul war tot. Ich musste mich an den eigenen Haaren aus dem Staub ziehen. Als ich anfing, mit meiner Idee zu spielen, kamen mir unendlich viele Einwände in den Sinn. Aber diese Einwände waren dazu verdammt, am Ende der Erregung zu unterliegen, die ich spürte, wenn ich an das Abenteuer dachte, eine Erregung, die mich vibrieren ließ. Ich hatte lange nicht mehr vibriert.

Jetzt vibrieren meine Beine, wenn sich die müden Muskeln vom langen Sitzen verkrampfen, wenn sie zu zucken beginnen, weil ich mich nicht bewege. Und jetzt habe ich beschlossen, mich Annemarie anzuvertrauen. Wie sie wohl reagieren wird? Wie Sophie reagieren würde? Ich weiß es nicht. Aber ich glaube, Sophie darf ich nichts sagen. Es würde sie zu sehr verletzen. Annemarie wird mir sagen, ich müsse mein Großkind einweihen. Aber ich werde Annemarie vorerst verbieten, etwas zu verraten.

Ich warte auf einen geeigneten Moment. Ich werde sie heute beim Abendessen noch einmal genau beobachten. Ich warte, bis ich den Mut finde. Also noch einmal ein Abenteuer. Eins, das nicht mehr vorgesehen war, eins, das mich nicht vibrieren, sondern zittern lässt.

III

«Frau Steinmann, kommen Sie zum Wunschkonzert?», fragt Frau Feller.

«Wunschkonzert? Was für ein Wunschkonzert?»

«Wir gehen Musik hören auf der zweiten Etage. Da können Sie Lieder auswählen, die dann ab CD gespielt werden. Sie mögen doch Musik.»

«Ja, schon, aber jetzt kann ich hier nicht weg … Sehen Sie,

ich muss dieses Mädchen hier hüten», erklärt sie und zeigt auf eine Puppe, die auf ihrem Bett sitzt. «Kennen Sie dieses Kind?»

«Nein», antwortet Frau Feller. «Ich kenne sie auch nicht.»

«Die war heute vor meiner Tür und hat geweint. Ich weiß halt auch nicht, woher sie ist. Wahrscheinlich hat sie Durst. Aber ich wollte ihr zu trinken geben, und sie hat nichts getrunken. Sie hat auch nichts gegessen ... Nur geweint hat sie. Sie hat den ganzen Morgen über geweint ... Jetzt ist sie gerade still.»

«Ach so», sagt Frau Feller.

«Ich dachte, sie ist vielleicht die Tochter von den Meiers vom Blumenladen unten im Dorf. Ich habe sie schon angerufen, aber die kennen sie auch nicht. Was soll ich denn jetzt tun? Ich habe schon alle gefragt, und niemand weiß, wo dieses Kind hingehört ... Vielleicht müsste man einmal bei der Polizei anrufen und fragen, ob jemand ein Kind vermisst. Was meinen Sie?»

«Hm, ich weiß auch nicht, was man da am besten macht. Aber jetzt scheint sie ja ganz zufrieden zu sein. Sie könnten sie ja mitnehmen zum Wunschkonzert», schlägt Frau Feller vor.

«Wunschkonzert? Welches Wunschkonzert denn?»

«Wissen Sie, wir gehen zum Musikhören auf die zweite Etage. Es kommen viele mit. Da hören wir Musik. Sie können Lieder auswählen, die Sie gern hören möchten. Das wird Ihnen sicher gefallen.»

«Ich kann jetzt leider nicht weg. Ich muss mich doch um dieses Mädchen kümmern ... Sehen Sie? Jetzt weint sie wieder.»

Himmlische Macht der Medikamente! Sanfte Betäubung, tröstende Engelchen in Form kleiner Tabletten. Viele haben den Verstand ja schon verloren. Wie wäre es ohne Medikamente? Sie würden auch ihren Unverstand noch verlieren, sie würden noch ängstlicher, verwirrter, noch gewalttätiger. Nach dem Frühstück werden die Medikamente verteilt. Jede und jeder erhält seine morgendliche Ration im rosaroten Becherchen. Vielen flößt man die zerdrückten Tabletten mit einem Löffel Konfitüre ein. Das hilft, wenn man sie nicht mit Worten vom Sinn der Sache überzeugen kann. Süße Betäubung im süßen Fruchtmäntelchen.

Nebst den Mittelchen gegen die jeweiligen Krankheiten und Gebrechen erhalten die meisten auch ein Beruhigungsmittel. So starten sie angenehm sediert in den Tag. Man muss sie ein bisschen herunterholen, anders geht es nicht. Mittags und abends wird nachdosiert.

Es ist wie mit den Kühen, denen man die Hörner nimmt. Wenn im Stall und auf der Weide zu wenig Platz ist, sind die Hörner gefährlich. Die Kühe verletzen einander. Die Alten hier enthornt man mit Tabletten. Man macht sie ungefährlich. So kann man sie relativ gefahrlos zusammenpferchen.

Ich nehme mein Beruhigungsmittel nie. Die anderen Medikamente schlucke ich. Gegen Bluthochdruck, Zucker und ein paar andere Beschwerden. Manchmal, wenn sich eine Gelegenheit bietet, werfe ich meine Beruhigungstablette in Frau Tüssers Becherchen. Das merkt sie nicht, weil sie ihre Tabletten immer alle auf einmal aus dem Becher in den Mund kippt. An solchen Tagen bleibt das Pflegeheim von seiner Hausmissionarin verschont. An solchen Tagen klagt Frau Tüsser über Müdigkeit und legt sich hin. Seligen Schlaf wünsche ich.

113

Ach, Sophie, du bist verwirrt. Mein Zustand hinterlässt seine Spuren auf deinem Gesicht. Dein Lächeln ist in letzter Zeit meistens traurig. Wenn du mich besuchst und auch auf der Fotografie. Ich kann es nicht ändern. Ich weiß nicht, was ich tun soll. Deshalb bin ich wieder schlecht gelaunt, wenn du mich besuchst. Ich kann mich schon nicht mehr erinnern, wie dein Lächeln gewirkt hat, wenn es fröhlich war. Dabei weiß ich, dass ein glückliches Lächeln auf den Film belichtet wurde.

Jetzt steht da ein zweites Foto auf meinem Nachttisch. Du hast es mir letzte Woche gebracht. Es ist das Foto, das du von Annemarie und mir gemacht hast. Und auf diesem Bild bin ich es, der sich nicht entscheiden kann, ob er fröhlich oder traurig sein soll.

114

«Herr Kehr, kommen Sie mit uns einen Kaffee trinken?», fragt Frau Matic in Begleitung des neuen Zivildienstlers.

«Nein.»

«Ah, ich sehe, dass Funny bei Ihnen ist. Mögen Sie Katzen? Kommen Sie doch nach vorn. Das ist doch schöner, als hier ganz allein im Zimmer zu sitzen», sagt Frau Matic.

«Nein.»

«Jetzt waren Sie schon drei Tage nur in Ihrem Zimmer, Herr Kehr. Sie sollten ein bisschen raus unter die Leute», sagt der Zivildienstler.

«Ich will nicht.»

«Aber Herr Kehr, Sie können doch nicht immer nur im Zimmer sein», sagt Frau Matic.

Herr Kehr braust auf. Die Katze springt von seinem Schoß und rennt aus dem Zimmer.

«Ich habe gesagt, ich will nicht! … Und jetzt lassen Sie mich in Ruhe!»

115

«Padrone! Padrone!», hat er gerufen, aber ich erkannte den im Rollstuhl zusammengekauerten Mann nicht. Sein Kopf hing wie eine Laterne vor dem gekrümmten Rücken, und jetzt befahl er der Frau, die ihn durch den Gang schob, anzuhalten. «Era il mio capo, Maria!»

Er wies Maria an, ihn in mein Zimmer zu schieben. «Erinnerst du dich nicht?», rief er mir zu. «Sono io, Roberto!«

Und tatsächlich, es war Roberto, wenn auch kaum wiederzuerkennen. Derselbe Roberto, der zwanzig Jahre lang für mich gearbeitet hat. Kurz nach dem Zweiten Weltkrieg hat er bei mir angefangen. Er blieb im Geschäft, als ich es verkaufte.

Roberto war ein Grund gewesen, warum die Italiener bei vielen Schweizern so unbeliebt waren. Wenn er mit nacktem Oberkörper auf der Baustelle arbeitete, warfen ihm nicht nur Italienerinnen verstohlene Blicke zu, und die Keckeren kicherten und wurden rot, wenn er ihnen zuwinkte. Es gab ein paar Geschichten, in denen eifersüchtige Ehemänner eine Rolle spielten. Ich musste Roberto mehr als einmal ermahnen. Aber er war fleißig und geschickt, außerdem immer zum Scherzen aufgelegt, und wenn er auch nie Bauleiter wurde, war er doch während Jahren einer meiner wichtigsten Ansprechpartner, weil er rasch Deutsch lernte und ihn die Arbeiter gern hatten und respektierten. Es war Roberto, der mich überzeugte, die Schutzausrüstung meiner Angestellten zu finanzieren. In den meisten Betrieben mussten die Arbeiter selber für Helm, Arbeitsstiefel und Regenjacke aufkommen, wenn sie sich schützen wollten. Viele investierten ihr Geld lieber in die Familie in Italien oder in einen schicken Anzug. Arbeitssicherheit hatte auf Baustellen noch keine hohe Priorität, und es kam zu vielen Unfällen. Den Migranten drohte mit dem Stellenverlust aber lange auch der Verlust der Aufenthaltsbewilligung.

Roberto wurde bald Präsident der italienischen Gruppe innerhalb einer Gewerkschaft, und es konnte auch einmal laut werden, wenn wir miteinander redeten.

Von Robertos Schönheit ist nichts mehr übrig, wie ich gestern gesehen habe. Es scheint, als hätte die jahrzehntelange harte Arbeit jeden Knochen in seinem Körper verkrümmt. Ich war so perplex von seinem überfallartigen Auftauchen, dass ich meine Demenz vergaß. Wie lange hatte ich Roberto nicht mehr gesehen? Wie und wann hatten wir uns aus den Augen verloren? Mit ihm hätte ich auch nach Ferdinands Tod gern ein Bier getrunken und geredet oder geschwiegen, wie früher, wenn wir nach der Arbeit oder einer hitzigen Diskussion eine Flasche geöffnet und uns zugeprostet haben.

Roberto war so aus dem Häuschen, dass er mich nicht zu Wort kommen ließ. «Dass du noch lebst! Dass du noch lebst!» Er stellte mir seine Tochter Maria vor, von der ich nichts gewusst, die aber schon viel Gutes von mir gehört hatte. Und dann erzählte er Anekdoten von früher, abwechselnd an seine Tochter und an mich gewandt, wobei er jeweils mühsam nur den Kopf drehte, während Oberkörper und Schultern steif blieben. Ich merkte, dass er Schmerzen hatte. Er strahlte aber trotzdem übers ganze Gesicht und lachte glucksend, als er zu meinem Rollstuhl hin zwinkerte und sagte, wir beide hätten genug gearbeitet und uns unsere Rollstühle verdient.

Dann verschwand das Lächeln aus seinem Gesicht, er versuchte erfolglos, seinen Körper aufzurichten, hob mühsam ein wenig den Kopf, schaute mir in die Augen und sagte: «Weißt du, wir hatten es gut bei dir. Aber viele Italiener haben sich für dieses Land kaputt gemacht. Und es hat sich nie jemand dafür bedankt.»

Aber er lächelte gleich wieder, und als Roberto gerade gesagt hatte: «Und du, capo, wie geht es dir? Erzähl!», da kam Frau Feller ins Zimmer und entführte mich unter die rettende Dusche.

116

Bei meinem Sturz ist mehr in mir zerbrochen als mein Beckenknochen. Ich warte noch auf den Tod, um mich endgültig verabschieden zu können. Annemarie ist gestorben. Gestern habe ich es erfahren. Ich habe es gelesen, auf einem der Schildchen, mit denen Todesfälle auf allen Etagen auf den Kommoden im Flur mitgeteilt werden. Unschuldige bunte Schildchen, die einen regelmäßig daran erinnern, dass man selbst ebenfalls zum Sterben hier ist. Damit man das nicht vergisst und sich ein bisschen sputet.

Anscheinend ist sie im Schlaf gestorben. Ich hoffe, sie wachte nicht auf, um zu sterben. Aber ich glaube, Annemarie konnte das, im Schlaf sterben.

Die Toten werden in ein Bett in einem freien Zimmer gelegt. Meist müssen sie noch ein letztes Mal umziehen, wenn sie gestorben sind. Es haben ja die wenigsten ein Einzelzimmer, in welchem sie in Ruhe auf den Leichenwagen warten können. Annemarie hat ihr eigenes Zimmer gehabt.

Ich habe sie besucht. Ich bin in ihr Zimmer gerollt und habe sie ein letztes Mal betrachtet und berührt. Ich war allein im

Zimmer und bin lange am Bett gesessen, bevor ich ihr mit der Hand über die eingefallenen Wangen strich. Ich hatte zuvor noch nie einen toten Menschen berührt. Meine Frau Ursula habe ich auf dem Totenbett nur angeschaut, und bei Paul gab es nichts zu berühren. Sein entstellter Körper lag in einem geschlossenen Sarg.

Annemaries bleiches Gesicht war kühl, doch das erschreckte mich nicht. Die Tatsache, dass sie tot war, kam mir vollkommen natürlich und richtig vor, und plötzlich, während mir die Tränen über die Wangen liefen, beneidete ich sie um ihren Tod. Ich dachte nicht, dass es mir lieber wäre, wenn ich an ihrer statt daliegen würde. Ich dachte nur, dass ich ebenfalls da liegen müsste. Ich dachte, dass der Tod für uns beide, für Annemarie und mich, das Richtige ist.

Wenn man alt wird, besonders, wenn man wie ich zu alt wird, gewöhnt man sich an den Tod. Als ich alt wurde, kam er mir vor wie eine Krankheit, die sich ausbreitete, die immer mehr meiner Bekannten infizierte. Der Tod wurde von Jahr zu Jahr ansteckender, und wenn ich an Beerdigungen war, fragte ich mich jedes Mal, wer sich wohl an der aufgebahrten Leiche angesteckt haben mochte. Wer als Nächstes dran war. Lange hoffte ich, dass es mich noch lange nicht treffen würde. Dann fing ich an zu hoffen, dass es mich möglichst bald treffen möge. Dann ging ich ins Pflegeheim, und unter meinem Schutzmantel des Irrsinns glaubte ich, vor Tod und Leben gleichermaßen sicher zu sein. Als ich diesen Mantel heben und Annemarie die Wahrheit sagen wollte, schlugen der Tod und das Leben beide zu.

Annemarie ist tot, und ich lebe. Aber wie lebe ich? Ich lebe in einem komatösen Zustand. Mein Körper ist mehr tot als lebendig. Jede Zelle sehnt sich nach der Pension. Nichts will mehr arbeiten, nichts außer Herz und Lunge. Die schuften fleißig weiter, als könnten sie ewig atmen und schlagen, als wäre Atmen und Schlagen an sich etwas, wofür es sich zu atmen und zu schlagen lohnt. Närrische Organe. Irgendetwas lässt mein Herz schlagen und meine Lungen atmen. Ich weiß nicht, was es ist. Ich bin es nicht.

117

«Herr Kehr, möchten Sie etwas trinken?», fragt Frau Matic mit sanfter Stimme. «Herr Santieri hat übrigens nach Ihnen gefragt. Roberto Santieri.»

Kehr antwortet nicht.

«Herr Kehr? Ihr Glas ist noch voll. Haben Sie überhaupt nichts getrunken? … Sie sollten wirklich etwas trinken, Herr Kehr … Haben Sie keinen Durst? … Herr Kehr?» Frau Feller verlässt das Zimmer und schließt die Tür.

118

Die Leute schwatzen, dachte ich mir damals und denke es heute, um nicht schweigen zu müssen. Sie fürchten die Stille, sie fürchten jede Sekunde, in der sie nichts sagen. Das sind bedrohliche Sekunden. Irgendwo formen sich Wörter zu Sätzen. Und wenn diese Wörter und Sätze nicht möglichst schnell raus an die Luft kommen, besteht die Gefahr, dass sie sich verändern, dass plötzlich neue Wörter neue Sätze formen, dass plötzlich Dinge gedacht werden, die verunsichern. Geschwätz scheint eine Lebensnotwendigkeit zu sein, wie das Atmen. Rein durch die Ohren, raus durch den Mund.

Hallo, Kätzchen. Ich freue mich, dass du kommst. Schau,

ich habe dir Schinken vom Abendessen aufgehoben. Ich weiß, dass du Schinken besonders magst. Ja, komm her, komm zu mir ins Bett. Wie? So stürmisch? Du leckst mir das Kinn und schnurrst, dass sogar ich dich laut und deutlich höre. Du bist eine liebe Katze. Du bist übrigens schwerer geworden. Du bist gewachsen. So, und jetzt friss schön.

Wenn ich Gesellschaft hatte, andere Gesellschaft als Sophie, schwirrte Geschwätz um meinen Kopf, welches mir zunehmend physische Schmerzen bereitete. Ich ertrug den Lärm nicht mehr, den Lärm des Geschwafels, der mir in den Ohren dröhnte, wie es kein Presslufthammer, keine Lastwagenhupe, kein quietschendes Bremsen von metallenen Zugrädern auf den Geleisen tat. Es war ein sinnloser Lärm, wie der Lärm, den kleine Kinder verursachen, wenn sie sich irgendein Wort, einen Satz, ein Geräusch oder einen Spruch in den Kopf gesetzt haben und es ununterbrochen wiederholen; oder wenn sie mit dem Löffel gegen die Tasse schlagen, immun gegen das nervtötende Geräusch, und nicht damit aufhören, bis man ihnen Löffel und Tasse wegnimmt.

Ich habe festgestellt, dass fast ausschließlich Unsinn gesprochen wird. War mein Rückzug Resignation? Sicher auch. Er war aber auch ein Protest. Ich rede jetzt wie die anderen, wenn ich mit anderen als meinem Kätzchen und meiner Fotosophie rede. Nur konsequenter und ehrlich.

So. Gute Nacht, mein liebes Kätzchen, meine Verbündete, meine Freundin. Grüß Roberto von mir. Ich schlafe jetzt.

Es regnete auf dem Friedhof, und so war das kleine Grab, in welchem die Urne versenkt wurde, von schwarzen Schirmen gesäumt. Es waren nicht viele Schirme. Nur sechs. Der Totengräber, der ein paar Meter vom Grab entfernt wartete, hatte keinen Schirm. Das Wasser tropfte von seiner Kapuze und der Nase. Franziska, die Tochter des Verstorbenen, und seine Enkelin Sophie weinten. Franziska lauter, Sophie geräuschlos. An der Brust trug sie ein kleines, schlafendes Bündel.

Johannes Kehr. 1904–1995. Auf zwei Grabplatten eine Reihe weiter hinten: Paul Kehr. 1949–1985. Ursula Kehr. 1906–1988.

Alle blieben noch eine Weile still am Grab stehen, nachdem sie eine Handvoll Erde hinuntergeworfen hatten. Dann gingen sie, und der Totengräber schaufelte nasse, schlammige Erde auf die Urne, in der Johannes Kehrs Asche lag.

Dank

Ich danke allen, die mich in den letzten sechs Jahren unterstützt haben. Besonders meinem Vater, dem ersten Kritiker und Motivator, Kristina, der Motivatorin und Ermahnerin, Barbara für ihr Schwangerschafts-Insiderwissen und Peter Weber dafür, dass ich ihm für seine Unterstützung nicht genug danken kann. Meiner Agentur und dem Verlag danke ich für ihr Vertrauen und ihre Hilfe. Ohne Dirk Vaihinger wäre dieses Buch ein anderes, schlechteres. Zuletzt danke ich all den Bewohnerinnen und Bewohnern der Pflegeheime, die mich nicht nur zu diesem Buch inspiriert haben und die kaum je erfahren werden, dass ihnen hier ein bescheidenes Denkmal gesetzt wurde.